시키는 대로 제멋대로

시키는 대로 제멋대로
시키는 대로 제멋대로
시키는 대로 제멋대로

이소호 에세이

창비
Changbi Publishers

시키는 대로
제멋대로

나의 소개

이름은 이경진이고 키는 작아도 노래를 잘 부릅니다.
만들기도 잘하고, 1,2학년 때 일기상을 받았습니다. 말이 참 많습니다.
나는 명랑합니다. 또 친구를 더 많이 사귀고 싶습니다. 나는 호기심이 많습니다. 나의 성격은 덜렁댑니다. 나한테는 2학년 짜리 커여운 내동생이 있습니다. 나의 장래 희망은 성악가 입니다.
내가 좋아하는 음식은 한국음식, 싫어하는 음식은 매운음식 입니다.

프롤로그

안녕하세요, 시 쓰는 이소호입니다.

나를 본 사람이라면 한 번쯤 들어 봤을 법한 인사다. 그러니까 이 산문은 내가 '시 쓰는 이소호'라는 인사를 건네기까지의 삶을 담았다. 사실 담았다는 말은 어울리지 않는다. 나는 무수히 버렸다. 이 이름을 가지기 위해, 웃기지만 그 인사를 건네기까지 무엇을 버렸는지를 썼다. 나는 교우 관계를, 과거를, 기억을 버렸다. 지금 여기 적힌 그 누구와도 연락하고 있지 않으니 말이다. 나는 단절만이 나를 자라게 한다고 믿었고, 그래서 '시 쓰는 이소호'가 되기 위해 마지막으로 부모님이 정해 주신 '이경진'이라는 이름까지도 버렸다.

버리는 일은 쉽지 않았다. 그것은 곧 다시 태어나는 일들 중 하나였고, 마치 요정이 입김을 불어 넣듯 나의 갖은 소망을 다 넣어 필사적으로 노력해야만 하는 것이었다. 다 버리고 나니 남은 것이 아무것도 없다는 사실을 알았을 때 나는 어린 시절의 나를 똑바로 바라볼 수 있었다. 그리고 용서할 수 있었다. 나는 이 글을 쓰기 전까지 단 한 번도 그 고통으로부터 발버둥 치지조차 않은 나를 용서하지 않았기 때문이다. 글은 가끔 이렇게 '나'와 '나'를 화해하게 만든다. 이 글을 읽는 모두에게 말하고 싶다. 자신의 어린 시절을 들추어 보는 일을 두려워하지 않길 바란다. 어린 시절의 나는 생각보다 굳세고 튼튼하다. '경진'이는 좌절 속에서도 항상 미래를 상상하며 살았다. 상상할 수 있는 미래의 범주는 분명 '소호'보다 훨씬 넓고 길다. 그러니까 그것이 곧 나쁜 것만은 아니라는 사실을 알려 주고 싶다.

또 한 가지,

넌 꿈이 뭐니?

누가 내게 물었다. 어리면 어릴수록 이 질문은 단골 질문이 된다. 사돈에 팔촌 심지어 내 이름을 모르는 누군가, 길거리의 사람들에게도 듣는 질문이다. 나는 그때 내가 뭐라고 대답했는지 기억나지 않는다. 그때는 꿈이라고 해 봤자, '잘한다고 칭찬받은 것'이 되거나 '잘은 못해도 오래오래 다니고 있는 학원과 관련된' 무엇인가가 꿈이 된다. 어린 경진이는 만들기를 좋아했다. 만들기와 관련된 직업은 없었다. 어린 경진이가 살던 그 시절에 색종이로 무엇이 된 사람은 김영만 선생님만 존재할 뿐이다. 나는 김영만 선생님이 되고 싶었지만 그 꿈은 이룰 수 없었다. 지점토로 집을 만들고, 그릇을 만들고 내 손을 만들고 늘 칭찬을 받았지만 공부를 잘하지 못하는 나는 아무것도 아니었다. 일기상을 자주 받았지만 나는 일기로 뭔가 할 수 있는 일이 있다는 것을 전혀 예감하지 못했다. 시도 마찬가지다. 나는 내가 글을 쓰는 무엇이 될 것이라고는 생각해 보지 못했다. 그러니까 고백하자면 난 한 번도 문학을 좋아해 본 적 없다. 책을 읽는 것 역시 돈을 줘야만 읽는 그런 노동에 불과했다. 아무도, 나조차도 나의 미래를 점치지 못했다. 그렇게 랜덤으로 어쩌다 어른이 되기만을 바랐고 평범한 회사를 다니고 평범한 일상을 살게 될 줄 알았기에 고2 무

렵쯤 찾은 재능이었던 문학은 그냥 지나가는 일이 될 것
이라 확신했다.

어릴 때 꿈은 다 무엇이었을까.
어릴 때 고민은 다 무엇이었을까.

갑자기 그런 생각이 든다. 나는 내 의지와 상관
없이 무력무력 자랐고 올해부터는 희끗희끗 흰 머리가
생기기 시작했다. 조금씩 죽어 가고 있는 나는, 어떤 어
른이 되었는지 모르겠다. 인생이 뜻대로 되지 않는다는
사실이 여기, 여기에 있다. 여러분은 지금부터 모든 것
을 포기하는 '경진'이를 보고 '소호'를 볼 것이다. 부디
당신의 삶에 겹쳐 보았을 때 다르지 않길 바란다.

아 역시, 성장은 여전히 어렵다.

일기 시간표.

월-① 학교시설 에 대한일.

화-② 독서 일기   정전이

수-③ 수업에 있었던 일.   〃 꿈

목-④ 만화 일기

금-⑤ 생활문.

토
일 ①②③ 독서 일기

꼭 실천해 써 보자.

1부

◉공경하는 마음 가짐으로 어른 말씀을 귀담아 듣자. ◉

검인	참잘했어요	10월 10일 수요일	날씨	기온	

자기 평가	1	2	3	4	5	6	7	8

제목 우리가족

우리 가족은 정답고
즐거운 가족 입니다.
아버지는 고등 학교
신생님 입니다.
남학생 오빠들을 열
심히 공부를 가르치
십니다.
어머니는 집안 일과
책 모임에서 하는 연극
콩쥐 팥쥐 연습을 합
니다.
동생은 귀엽고 예쁘

[공손한 태도] 어른들은 대개 어린이를 사랑하신다. 그것을 잘
알고, 버릇없는 행동을 하기 쉽다. 부모님의 말씀이 이치에 맞지
더라도 불손한 태도로 대하지 말고, 공손히 제 의견을 말씀드려야
다. 웃 사람에게 주의를 받았을 때는 깊이 반성하고, 다시는 그런일
없도록 조심한다. 물건을 두 손으로 공손히 드린다.

	월	일	요일	날씨				기온			
				자기평가	1	2	3	4	5	6	7	8

말을 잘 듣습니다.
나는 노래를 잘 부
르고 취미는 만들기
입니다.

[의자에 앉을때] 웃 사람이 자리를 잡은 다음에 조용히 앉으며, 두
무릎과 발 사이는 자연스럽게 조금 떠운다.
여자는 두 다리를 한쪽으로 모아 가지런히 하고, 두손을 무릎위에 포
개 놓는다. 눈 높이는 정면을 보며 입은 가볍게 다문다. 계단을 오르
내릴 때는 스커어트 뒷자락을 사뿐히 잡도록 한다.

누군가는 추억이라고 쓰고
나는 그걸 지옥이라고 읽지

그 애는 누구였을까.
반에서 손에 꼽을 만큼
예쁘지도 못생기지도 않았던 아이.

S#4. 실내. 중학교, 교실 ─ 잠시 후[1]

쉬는 시간. 아이들이 소란할 동안, 은희는 책상에
엎드려 낙서를 하고 있다.

검은색의 하드커버 미치코런던 노트. 그 노트에
마치 만화책처럼 칸을 나눠, 열심히 만화를 그리는 은희.
피구를 하는 주인공들의 말이 말풍선 안에 채워진다. Hi-
tec 회색 펜으로 스크린톤 효과를 내는 은희의 손.

---

[1] S#4, S#79, S#72, S#163은 『벌새 ─ 1994년, 닫히지 않은 기억의 기록』(김보라 쓰고 엮
음, 아르테 2019)에서 발췌.

S#1. 실내. 방 —— PM 7:00

소호: (Na) 그 애는 누구였을까. 반에서 손에 꼽을 만큼 예쁘지도 못생기지도 않았던 아이. 말이 없고 키가 매우 작았던 아이. 불행히도 공부마저 더럽게 못했던 아이. 집안 기둥을 뽑아 피아노와 영어를 배웠으나 무엇 하나 두각을 나타내지 못했으며, 결국 그마저도 오래 배우지 못했던 아이. 그러니까 뭐 하나 특징이 없었던, 다선초등학교 동창들에게서 영원히 잊힌 아이, 경진이.

경진이의 어린 시절은 이곳에서부터 시작된다. 부산 다대포. 경진이의 집은 창문 너머 바다가 훤히 보이는 신축 아파트의 가장 작은 평수로, 동네에선 못사는 축에 속했다. 이름만 같은 아파트에 살던 경진이의 친구들은 사정이 많이 달랐다. 클래식 악기를 여러 개 다룰 줄 아는 아이들이 넘쳐 났고, 방학 때 애틀랜타 올림픽을 직접 보고 왔다는 애가 둘이나 있었다. 경진이에게 친구들의 집은 좌절의 장소였다. 친구들의 집은 드라마의 한 장면 같았다. 넓은 평수에 얼음이 쏟아지는 양문형 냉장고, 드레스 룸, 가사 도우미, 그리고 출장 뷔페를 불러 하는 생일 파티. 용돈 하나에 기분이 뒤바뀌는 삶을 살던 경진이는 친구들 사이에서 점점 작아졌다. 묘하게도 어울릴 수 없었다. 공통점이라곤 수업 시간에 읽는 교과서밖에 없는 것 같았다. 그때, 경진이는 남들보다 조금 일찍 알았다. 삶의 층위가 다르다는 것을. 아무리 열심히 살아도 자신은 친구들처럼 될 수 없다는 것을.

경진이가 초등학교 6학년이 되었을 때 경진이의 아빠는 가족을 모아 놓고 자신의 꿈에 대해 말했다. 무주에 있는 대안 학교의 선생님이 되고 싶다는 것이었다. 지금보다 더 좋은 교사가 되고 싶다며 즉흥적으로 온 가족을 무주로 이주시켰다. 경진이는 그때 무주가 전라도 어디쯤에 있는지도 몰랐다. 무덤 앞의 오래된 폐가를 고쳐 살아야 하고, 집 앞을 지나가는 버스가 하루에 세 번만 있다는 것을 알았더라면 가지 않겠다고 한 번쯤은 떼를 써 봤을 거다. 각자 한 뭉텅이의 짐을 싸 들고 앞으로 우리가 살 집이라는 곳에 도착했을 때, 경진이는 방안에서 온 집 안이 떠나가도록 펑펑 울었다. 그것은 다가올 미래의 전조였다.

무주살이를 한 지 삼 개월쯤 되었을 때 경진이네 가족은 비로소 깨달았다. 꿈을 좇은 대가의 처참함을. 무주로의 이주는 여러모로 대실패였다. 아빠는 학생은 사랑할 수 있었으나 아무리 노력해도 학교는 사랑하지 못했고, 엄마는 퍽퍽한 시골 텃세에 매일매일 전쟁을 치렀다. 새벽 다섯 시에 시작되는 마을 노역에 동원되기도 하고, 동네 사람들이 집에 불쑥 찾아와서 살림에 대해 이런저런 평가를 하기도 했다. 새로운 학교에 간 경진이와 그 동생도 마찬가지였다. 그들은 도시에서 온 이방인이었다. 오래전부터 집안끼리 친구인 아이들 사이에서, 영원한 외지인이었다.

경진이네 가족은 각자의 삶을 살아 내기 바빴다. 자연스레 집에서 말수가 줄었다. 아침저녁마다 함께 밥을 먹었지만, 아무도 서로의 하루에 대해 묻지 않았다. 누구라도 먼저 울거나, 우리는 망한 것 같다고 입을 떼는 날에는 온 가족이 와르르 무너져 버릴 것 같았기 때문이다. 그렇게 경진이네 가족은 한 시절의 평화를 침묵으로 지켜 냈다. 서로가 서로를 모르는 삶은 그때부터 시작되었다.

S#79. 실내. 은희네 집, 현관 — 해 질 무렵

현관문을 연 채, 서 있는 은희.
집에는 아무도 없다. 아직 아무도 오지 않았다. 텅 빈 오후의 집.

S#2. 실내. 방 — PM 9:00

소호: (Na) 지금부터는 경진이의 부모님은 영원히 모를, 경진이의 이야기를 하겠다. 여기, 전라북도 무주군 안성면 진도리에 사는 경진이가 있다. 한 학년에 반이 단 세 개인, 각각의 반에도 열여섯 명이 전부인 작은 학교. 중학생이 되어도 여전히 교우 관계가 원만하지 못한, 잘하는 것도 좋아하는 것도 하나도 없는 시골에 사는 '도시 사람' 경진이. 그런 도시 사람 경진이에게 무주 친구가 생긴 것은 중학교 2학년 무렵이다. 몇 년간 조용히 지낸 덕분이었는지, 그해는 운 좋게 반의 절반이 속한 무리에 끼게 되었다. 처음으로 소풍날 친구들과 나란히 버스 맨 뒷자리에 앉기도 하고 화장실에 갈 때면 손을 잡고 가는 등, 다시없을 풍요로운 학교생활을 보냈다. 환경도 성향도 쓰는 말도 많이 달랐지만, 경진이는 노력했다.

그해 여름이었다. 보통의 교우 관계가 그러하듯, 어느 날 경진이는 무리 중 하나인 은영이와 사소한 일로 다투었다. 평화는 짧고, 소문은 길었다. 소문은 하지 않은 말까지 붙어 하루하루 다르게 몸집을 부풀렸다. 살이 붙은 말이 말을 낳고 그 말이 다시 다른 말을 찌르는 장면을 경진이는 가만히 보았다. 하지도 않은 말을 전해 들은 은영이가 경진이를 따돌렸다. 경진이를 뺀 모두가 은영이 옆에서 즐겁게 웃었다.

그 후로 며칠이 지났을까. 은영이가 혼자가 된 경진이를 불렀다. 학교는 좀 그러니까 근처 초등학교에서 보자고 했다. 친구들이 모인 그곳에서, 경진이는 어떤 설명도 경고도 듣지 못한 채 은영이에게 뺨을 맞았다. 뺨을 때린 후 은영이는 "이젠 너를 용서할게."라며 경진이를 끌어안았다. 빨갛게 부어오른 뺨을 가만히 만지며 경진이는 생각했다. '여기서 더 나빠질 것이 있을까?' 칠이 벗겨진 정글짐. 균형이 맞지 않는 시소. 슬쩍 손을 대면 녹물이 흐르는 그네. 그 사이에서 가만히 은영이의 눈물겨운 용서를 바라보던 친구들이 긴 침묵을 깨고 박수를 보냈다. 누군가 뿌듯해하며 말했다. "다시 잘 지낼 수 있어 다행이다." 아이들은 환호했다. 거짓말처럼 다음 날부터 새로운 평화가 찾아왔다. 그날을 도려낸 것처럼 그때 있었던 일은 아무도 입에 올리지 않았다. 어른이 된 경진이가 넌지시 그 일을 꺼낸 적이 있다. 때린 사람도, 본 사람도 아무도 기억하지 못했다. 이것은 세상 모두가 잊고 경진이만 기억하는 경진이의 이야기다.

S#72. 실내. 은희네 집, 거실 ― 아침

베란다 창문으로 고요한 햇살이 들어온다. 시끄러운 일요일 가족오락관 같은 TV 프로그램 소리가 난다. 방에서 은희가 졸린 눈으로 나온다. 거실에서는 아빠와 엄마가 나란히 앉아 TV를 보고 있다. 엄마와 아빠는 은희와 눈을 마주치지 않는다. 아빠 팔의 붕대. 베란다를 통해 들어오는 햇살. 기이한 고요.

S#3. 실내. 방 ― AM 2:00

소호: (Na) 2001년의 대한민국은 IMF를 이겨 내고 다가올 월드컵 준비로 여념이 없었다. 경진이가 촌구석에 처박혀 있는 동안, 도시는 나날이 발전했다. 인천 공항이 문을 열었고 남과 북은 분단 이래 가장 활발하게 교류했다. 시트콤 〈논스톱〉이 선풍적인 인기를 끌었으며, '엽기'라는 단어와 '졸라맨'이라는 캐릭터가 대대적으로 유행했다. 어른이 되려면 아직도 한참이나 남은 그때 경진이는 아이돌 그룹 '신화'에 미쳐 있었다. 그들이 싱싱한 은빛 옷을 입고 의자에 앉아 거만하게 까딱까딱 고개를 흔들 때, 경진이의 마음은 폭풍우에 펄럭이

는 현수막처럼 쉼 없이 흔들렸다. 용돈을 꼬박 모아 팬클럽 '신화창조'에 가입했고 가끔 도시로 나가 정품 앨범을 샀다. 너무 소중해 매일같이 들고 다녀 너덜너덜해진 팬클럽 입금 확인증은 신화와 경진이를 이어 주는 유일한 연결 고리였다. 마음 누일 곳 없던 경진이에게 신화는 TV 어느 채널을 틀어도 만날 수 있는 유일한 친구였다. TV를 켜는 순간 경진이는 완전히 다른 세상을 만날 수 있었다. 친구도, 무주도 없었다. 엄마도 아빠도 동생도 없었다. 거기는 오로지 신화만 있었고, 신화 오빠들이 사는 서울시 강남구 청담동이 있었고, 행복이 있었다. 버튼 하나로, 브라운관 너머의 도시로 건너가 잠시 현실을 망각하는 기쁨을 누렸다. 좋아하는 마음을 전하지 않고는 참을 수 없었던 경진이는 면에서 단 하나뿐인 문구점에 가서 주황색 공책을 샀다. TV와 마주 앉아 오빠들의 말에 자신만의 답변을 적고, 그 글을 팬 카페에 올리거나 라디오 사연으로 보냈다. 그것은 편지이자 가사이자 시였다. 말이 글이 되면 어떠한 살도 붙지 않고 누군가에게 그대로 전달된다는 점에서 경진이는 묘한 해방감을 느꼈다. 그즈음이었을 거다. 얼굴을 아는 사람들은 모르고, 얼굴을 모르는 사람들은 아는 경진이가 태어난 것은.

S#163. 실외. 중학교 운동장 — 아침

FLASHBACK : 영지의 편지를 읽고 있는 은희. 보라색 편지에 또박또박 써진 영지의 글.

영지 : (V.O) 어떻게 사는 것이 맞을까. 어느 날 알 것 같다가도 정말 모르겠어. (…) 다만 나쁜 일들이 닥치면서도, 기쁜 일들이 함께한다는 것. 우리는 늘 누군가를 만나 무언가를 나눈다는 것. (…) 세상은 참 신기하고 아름답다. 학원을 그만둬서 미안해. 방학 끝나면 연락할게. 그때 만나면, 모두 다 이야기해 줄게.

S#4. 실내. 방 — AM 4:00

경진 : (Na) 며칠 전 엄마는 이소호 시인에게 전화를 걸어 이렇게 말했다.

"딸아, 그 지옥 같은 무주에 가서 성공한 건 너하나뿐이야. 우리가 그때 시골에 갔으니까 니가 그나마 재능을 발견한 거 아니겠니?"

전해 듣기로 이소호 시인은 그 말에 별다른 대답을 하지 못했다고 한다. 마음 붙일 친구 하나 없는 삶,

TV 중독자로 살았던 무주에서의 삶은 엄마의 말 한마디로 인해 반드시 잊혀야만 하는 이야기가 되었기 때문이다. 이소호 시인이 영화 〈벌새〉를 보고 한동안 아무것도 적지 못했던 것도 이와 다르지 않다. 1994년의 은희처럼 오빠에게 맞은 일, 병원에 혼자 입원해 작은 혹을 뗀 일, 은희처럼 영지를 허무하게 잃어버린 일. 이런 은희의 상실을 '은희' 말고 누군가가 기억하기나 할까? 그래서 고통의 시간이 지나가기만을 바랄 수밖에 없었던, '내일의 나' 말고는 기댈 게 없었던 중학생 은희의 물음[2]은 여전히 조금 아프게 읽힌다.

다행히 나는 자라, 시를 쓰는 이소호가 되었다. 그리고 비로소 나의 이야기를 한다. 이 글과 같이 삶의 파편을 모아 늘어놓은 가장 사적인 이야기는, 모두에게 허구로 읽혔으리라. 방학이 끝나고 모두 다 이야기해 주겠다던 그 이야기는 무엇이었을까. 결국에 쓰이지 않았기 때문에 알 것 같던 그 이야기를, 나는 소호가 되어서야 조금씩 떠올려 본다.

[2] "제 삶도 언젠가 빛이 날까요?"

고랑과 이랑[1]

손톱이 새까매질 때까지 판 뒤
다시 넓은 비닐로 덮고 고운 흙으로 덮어서
무엇이든 잘 자랄 수 있게 만든 나만의 세계

1999년 사람들은 노스트라다무스의 예언을 빌려 이렇게 말했다. 2000년이 되면 세계는 멸망할 거라고. 이 말을 증명하듯, 인간과 컴퓨터가 결합한 사이보그가 유행하고 있었고, 0과 1만 이해할 줄 아는 컴퓨터가 2를 인식하지 못해 세계는 혼란 그 자체에 빠질 거라는 뉴스가 보도되었다. 밀레니엄은 기대이자 거대한 공포였고, 그래서 세계는 밀레니엄에 대비했다. 마침내 2000년 1월 1일이 되는 순간, 사람들은 소리를 질렀다.

---

[1] 먼저 전라북도 무주군을 비하할 마음이 추호도 없다는 것을 밝힌다. 엄밀히 말하면 나는 전라북도 무주군에 있었기 때문에 문학적 재능을 발견했다. 난청 지역에 살았기 때문에 도심의 친구들보다 외롭고 고통스러운 유년을 보냈으며, 그로 인해 발현된 외로움과 우울증을 남기고자 글을 정말 열심히 쓰게 되었다. 무주는 나에게 어떤 섬이다. 혼잣말로 점철된. 부디 그 지역에 적응하기 위한 20세기 소녀의 고통을 오인하여 특정 지역에 대한 비하 발언이라 생각지 말아 주시길 바란다.

21세기를 안전하게 맞이한 것이다. 그러나 나는 노스트라다무스가 틀렸다고 생각하지 않는다. 노스트라다무스는 맞고도 틀렸다. 세계는 멸망하지 않았지만, 2000년의 나는 망했기 때문이다.

　　나는 지극히 도회적인 인간이었다. 1988년 서울 올림픽으로 전 세계가 우리나라를 주목할 때 나도 이씨 집안의 장녀로서, 온 가족의 주목을 받으며 여의도 성모병원에서 제왕절개로 태어났다. 부모님 두 분의 본적이 모두 서울로, 어릴 적 고무신을 영등포 로터리에서 잃어버렸다는 등 상상도 할 수 없는 이야기를 듣고 자랐다. 이후 교사인 아버지를 따라 부산으로 이주한 후에는, '맘모스 백화점'이 엎어지면 코 닿을 거리에 있는 현대아파트에 살았다. 그래서 나는 남들이 문방구 사장이나 슈퍼 사장을 꿈꿀 때, 홀로 통 크게 이마트 사장이 꿈인 유년 시절을 보냈다. 그러나 인생사 알 수 없는 것. 어쩌다 보니 나는 나의 의지와 상관없이 아버지의 꿈 때문에 이름도 생소한 전라북도 무주군 안성면 진도리로 이사했다. 그리고 그때는 전혀 알지 못했지만 나는 그곳에서 무려 육 년을 살게 된다.

　　먼저 전라북도 무주군 안성면 진도리가 얼마나

외진 곳인지 모르는 사람들을 위해 친절을 더해 보고자 한다. 사람들은 무주라고 하면 두 가지를 떠올릴 것이다. 구천동, 그리고 스키장. 일단 구천동과 스키장은 각각 다른 면에 있다. 두 면을 잇는 길이 얼마나 굽이굽이 먼가 하면, 차로 40분쯤 가야 한다. 서울의 은평구와 강동구만큼 멀다. 우리 집은 오히려 논개의 고향이라는 장수와 훨씬 가깝다. 지금은 교통이 조금 편리해졌지만, 롯데리아가 있는 읍내로 나가려면 온 마을을 다 찍고 가야 했기 때문에 체감 한 시간은 걸렸다.

　　　이건 면에 관한 이야기고, 이젠 우리 동네에 대해 이야기해 보겠다. 안성면에서도 우리 집은 조금 남달랐다. 같은 반 친구들도 시골이라고 놀리는 곳이었기 때문이다. 우리 동네는 귀농한 사람들이 모여 사는 외지인 마을로 애초에 지어진 이름 없이 '산촌마을'이라고 불렸다. 마을로 가는 다리는 두 개가 있는데 비가 너무 많이 와서 다리가 끊기거나 눈이 너무 많이 내리는 날에는 이장님의 방송을 들을 수 있다. "오늘은 버스가 운행되지 않습니다." 그럼 나와 동생은 그날 학교에 가지 못한다. 그뿐만이 아니다. 초고속 인터넷에 접속하려면 면에 있는 PC방을 이용해야 했다. '모뎀'을 모르는 독자들을 위해 설명하자면, '모뎀'이란 집 전화를 이용해서 인터넷을 쓰는 것이다. 그 때문에 굉장히 느리면서도 요즘은 어마어마하게 많이 나온다. 또한 모뎀을 쓰는 동안에는 집 전화를 쓸 수 없다. 문제는 이뿐만이 아니었다. 우리는 '난청 지역'에 살았기 때문에 TV 시청에도 문제를 겪었다. 공중파는 며칠 뒤에나 볼 수 있었다. 그것도 국민 영웅 이봉주가 광고하는 스카이 라이프[2]가 우리 집에 달리고 나서야 겨우 가능했다. 거짓말 같지만 전부 사실이다. 내가 TV나 인터넷을 제대로 하게 된 것은 2003년부터였다. 그때까지 나의 삶은 20세기 아날로그 그 자체에 머물러 있었다.

그래서였을까. 나는 남들보다 방학을 손꼽아 기다렸다. 방학 시작과 동시에 서울로 가기 때문이었다. 특히 무주군의 특성상 여름 방학은 아주 짧고 겨울 방학은 굉장히 길었는데, 방학이 시작하자마자 온 가족이 서울로 가서 한두 달 머무르는 것은 내게 커다란 기쁨이었다. 엄마와 함께 명동 거리를 걷거나, 나중에 크면 꼭 홍대에서 인디 밴드 공연을 보겠다고 다짐했던 것들이 생각난다. 나는 특히 차 소리를 좋아했다. 할머니 집은 6차선 대로변에 있어서 가만히 누워 있으면 차들이 밤새도

---

[2] 국내 최초의 인공위성 방송 서비스.

록 달리는 소리를 들을 수 있다. 잠들지 않고 영원히, 모두가 살아 있는 것 같았다. 내가, 살아 있는 것 같았다.

그러나 서울은 짧고 멀다. 잠시 스치고 내내 그리울 뿐이다. 여전히 나의 대부분의 삶은 무주에 있었다. 가족이라면 엄연히 주어진 임무에 충실해야 하는 것. 나는 가족의 일원으로 집안일에 포함된 농사에 자주 소환되었다. 농사일을 끝내지 못하면 주말에 아이돌이 나오는 방송을 볼 수 없고, 그럼 다음 주에 학교에서 이야기에 낄 수 없다는 불안감이 엄습했다. 그랬기에 울음을 참으며 농사일에 손을 보탰다. 사실 농사일을 업으로 하시는 분들에 비하면 텃밭 가꾸기에도 미치지 못하지만 우리 집에 포함된 대지 면적은 약 천 평에 닭장을 제외한 텃밭만 무려 삼백 평으로 텃밭치고는 꽤 큰 편이었다. 우선 작물을 심기 전에 땅을 잘 다지고, 고랑과 이랑을 만들고, 거기에 비닐을 씌우는 작업을 해야 하는데 이게 몹시 어려운 일이다. 화가 나고 눈물이 나는 일이다. 이유는 이러하다. 혼자서 하면 조금 전에 덮어 뒀던 비닐이 바람에 날아가기 일쑤라 바람에 농락을 당하며 날리는 비닐을 덮고 잡고 덮고 잡고 하느라 하루를 꼬박 썼다. 그리고 아이돌이 TV에 나오는 시간에 맞추지 못할지도 모른다는 불안감에 벌벌 떨며 일을 했다.

그렇게 심은 작물은 대부분 들꽃과 허브, 브로콜리, 블루베리 등등이었는데, 특히 내가 싫어하는 브로콜리를 내 손으로 심었다는 것은 참을 수 없었다. 토마토도 있었고 버섯도 있었고 고추도 있었고 호박도 있었다. 엄마는 우리가 가꾸고 돌본 것이라며 자랑스러워했다. 그리고 그걸 나누는 재미로 살았다. 하지만 난 내 손으로 따 먹는 유기농 채소에 전혀 감흥이 없었다. 내 노동의 결과라는 생각이 들지도 않았다. 밥상에 올라온 채소를 보면 고생한 기억만 났다. 그래서 밥상을 보면 넌덜머리가 났다. 나의 피땀 눈물의 대부분이 도시에 사는 엄마의 가족이나 지인들에게 헌정되었다.

작물을 심는 노동의 봄이 지나면 무성히 자란 질경이를, 뱀 풀을, 숲처럼 자란 잡초를 뽑는 여름이 간다. 곧이어 노동의 결실 추수의 계절인 가을이 오지만, 농사에 재능이 없는 우리 가족이 가꾼 밭은 늘 흉작이었다. 심은 것보다 죽은 게 많았다. 우리는 식물의 시체를 치우는 계절을 가을이라고 불렀다. 그리고 언제나처럼 지독한 겨울이 왔다.

겨울이 되면 농사는 쉰다. 그러나 농사보다 더한 '빌런'이 기다리고 있다. 바로 눈 치우기다.

무주가 어떤 곳인가. 바로 덕유산 국립 공원이

있고 스키장이 있는 곳이다. 스키장이 있다는 것은 곧 눈이 많이 온다는 것을 뜻한다. 스키장은 한 시간 거리에 있지만, 이상하게도 눈은 똑같이 내린다. 같은 하늘 아래서 눈이 펑펑 쏟아지면 나와 동생은 아침부터 중무장하고 눈 치우는 삽을 들고 밖으로 나간다. 우리 집이 할당받은 구역은 마당부터 도로까지다. 눈 치우는 길은 정말이지 너무 멀다. 집 뒤로는 가파른 언덕이 있고, 앞으로는 전부 텃밭이자 농장이었다. 집이 우리 땅의 경계인 셈이다. 그러니까 눈이 오면 천 평의 땅을 가로질러서 도로까지 길게 난 길을 모두 치워야 한다는 것이다. 눈은 정말 치워도 치워도 끝이 없다. 그렇다고 치우지 않을 수도 없다. 차가 없으면 어디로도 갈 수 없는 시골 특성상 눈은 꼭 치워야 하는 존재였다. MP3 플레이어 하나도 마음 놓고 가지지 못했던 나는 노동요도 듣지 못한 채로 나의 거친 숨소리만이 존재하는 적막에 가까운 고요 속에서 눈을 치우며 울었다. 이상하게 집안일을 하면 눈물이 난다. 집안일은 늘 주말에 몰려 있으며 내가 좋아하는 아이돌이 나오는 프로그램을 보기 위해 나는 이 일을 꼭 해내야만 했다. 눈은 내 마음도 모르고 시도 때도 없이 무릎까지 내린다. 하지만 이것도 참을 수 있다. 아침부터 오후 3시까지 눈을 치우고 집에 돌아갈 때, 다시 눈이 내리기 시작하면 허망한 기분이 든다. '눈이 오는구나.' '내일도 눈을 치워야 하는구나.' '나는 망했다.' 그런 생각을 했다. 그래서 나와 동생은 서울에 가는 날을 늘 손꼽아 기다렸다. 더는 눈을 치우지 않아도 되기 때문이다.

내가 고등학생이 되어 곧 대학 진학을 앞두었을 때, 나는 본격적으로 무주 탈출을 꿈꿨다. 엄마는 내게 자주 겁을 줬다. "서울에 있는 대학에 떨어지면 넌 영원히 여기서 나와 함께 사는 거야. 무주에서 엄마랑 고추장 된장 담그며 살자." 엄마는 내가 제일 싫어하는 말만 골라서 했다. 누군가 듣기에는 너무 무해하고 아름다운 말이었을지 모르지만 열아홉 살의 내게는 세상 무엇보다 끔찍한 말이었다. 그래서 나는 때마침 찾아낸 재능으로 글을, 시를 썼다. 필사적으로, 닥치는 대로 썼다. 그동안 아이돌을 좋아하며 썼던 글, 라디오에 사연으로 보냈던 글들이 모두 큰 그림이 되어 돌아왔다. 실기로 서울에 있는 대학에 갔고, 그로 인해 몇 년이 지나서 결국 나는 다시 꿈에 그리던 도시로 왔다. 당연하게 집 앞에 슈퍼가 있고, 문구점이 있어 손쉽게 연필을 살 수 있으며, 당연하게 집 앞에 옷 가게가 있어 산책을 해도 전혀 지루하지 않은 도시로 나는 돌아왔다.

대학교 입학 이후 무주에 몇 번이나 갔냐고 물어본다면 대답할 수 있다. 내가 서른이 넘은 지금 나는 다섯 번, 아니 그보다 적게 무주에 갔다. 사실 갈 필요가 없었다. 옛날에 방학 때마다 내가 서울에 올라왔던 것처럼 부모님이 늘 올라오셨기 때문이다. 지금도 다시 무주에 가고 싶냐고 물어보면 대답할 수 있다. 전혀, 가고 싶지 않다. 그러나 누군가 내게 무주에 가지 않았어도 글을 쓸 수 있었겠느냐고 묻는다면 그것 역시 대답할 수 있다. 아니다. 나는 영원히 글을 쓰지 않았을 것이다. 지독히도 외로웠고 아무에게도 할 수 없었던 말을, 원망을, 분노를 공책에 빼곡히 적었고, 그것은 그 자체로 시가 되었다. 지금도 그렇지 않은가? 나는 지금도 나를 팔고 있다. 무주의 괴로운 경진이를, 그 경진이의 참담함을 이용해서 쓰고 있다.

역시 삶이란 고랑이 있으면 이랑도 있는 법이다. 삼백 평의 텃밭을 가꾸면서 내 두 손으로 솟아올렸다가 가라앉히며 만든 세계. 손톱이 새까매질 때까지 판 뒤 다시 넓은 비닐로 덮고 고운 흙으로 덮어서 무엇이든 잘 자랄 수 있게 만든 나만의 세계. 사실 무엇보다 중요한 사실은 그 세계는 오르고 내리는 격차가 있는 것 같지만 결국 펼쳐 놓으면 평평하다는 것이다. 그래서 나는 무주에 대해 어떤 원망도 슬픔도 없다. 나는 아주 평평한 유년 시절을 보냈다. 단지 누군가의 눈에 조금은 이상했을 뿐인 그런.

검인	3월 27일 월 요일	날씨		기온	

제목	일기	자기평가	1	2	3	4	5	6	7	8

나는 오늘 밤에 동아
생은 일기를 쓰지 않고
일기를 왜 쓰냐며 쓰냐고
짜며 말 했다. 넌 학

엄마가 일기를 여름
녁때 일기를 썼고 동
방학때 부터 써고 부터 써
생은 유치원 부터 써

잔아
난 너무 섭섭 했다.
너무너무 불공평해
난 속이 상 했다.

[낙서지우기] 담벽이나 화장실 안에 낙서를 하지 말아야 하며, 낙서
있는 곳을 보는 대로 지우는 깨끗하고 아름다운 마음씨를 가집시다
이 조금한 일이 환경미화에 도움을 주며 사회를 더 아름답게 가꾸어
나갈 것입니다. 특히 세워둔 차를 긁어 홈을 내거나 그 위에 낙서를
하지 않는다.

	월	일	요일	날씨				기온			
				자기 평가	1	2	3	4	5	6	7	8

생각을 해봐도 아무
짓도 없었던 것 같아
고 잘못한 짓을 알
았다.

3/8 경진이가 언니한테 동생라
같을 순 없잖아요.

[바르게 앉는 자세] 어른 앞에서는 공손히 꿇어 앉고, 어른께서 편
히 앉으라고 하시면, 편한 자세로 고쳐 앉는다. 떨어진 물건을 주울
때는 바로 상체를 구부리지 않고, 무릎을 굽힌 다음에 앉아서 줍는다.
여자의 앉는 법은 한쪽 무릎을 눕히고 다른 쪽은 세워서 앉으며 두
손을 자연스럽게 포개어 무릎 위에 얹는다.

너와 나와 우리의 사전[1][2]

우리는 자매도, 경진이도, 시진이도 아니었다.
서로의 거울이자 원 플러스 원이었으며
스페어타이어였다.

쌍-둥이 雙--

동네 사람들은 우리가 쌍둥이인 줄 알았다. 각자 다른 철학관에서 지어 온 경진[3], 시진이라는 족보에도 없는 괴상한 돌림자를 쓴 탓도 있지만, 따져 보면 열에 아홉은 우리가 입은 옷 때문이었다.

평소 〈경찰청 사람들〉이나 〈긴급구조 119〉 같은 프로를 즐겨 보던 부모님은 언젠가 끔찍한 사건 사고가 우리를 덮칠 거라고 생각했다. 하루에도 몇 번씩 나

---

[1] 이진한 『너와 나와 우리의 사전(Your, My and Our Dictionaries)』 2015에서 제목 차용.
[2] 이 사전은 작가 이소호와 그의 연년생 동생 이시진이 2020년 2월 23일 17시 7분경 서울(소호)과 멜버른(시진)에서 2시간 23분의 통화 끝에 '우리'를 상징하는 단어를 모아 정리한 것을 추려 작성했다.
[3] 이소호의 서울남부지방법원 2014호파 4582 개명 〔2014. 10. 21. 허가 결정〕으로 인해 사망한 이름.

와 동생을 나란히 앉혀 놓고, 낯선 사람이 오면 어떻게 거절해야 하는지, 낯선 곳에서 엄마를 잃어버렸을 때는 어떻게 해야 하는지를 교육받으며 자랐다. 옷차림은 그 중 하나였다.

어린 시절부터 나는 엄마가 옷을 사 왔다고 하면 조금도 기쁘지 않았다. 나의 취향이 전혀 고려되지 않은 탓도 있었지만, 동생과 항상 똑같은 옷을 입혔기 때문이다. 색깔이라도 다르게 사 오는 날은 그나마 다행이었다. 우리는 머리끝부터 발끝까지 똑같은 옷을 입고 외출을 할 때마다 수치심을 느꼈다. 동네 사람들의 호기심 어린 시선을 감내하며 매번 "너희는 쌍둥이니? 둘 중에 누가 언니니?"라는 질문을 들어야 했다.

어느 날, 참다못한 내가 따져 물었다. "엄마. 왜 우리는 항상 똑같은 옷만 입어?" 그러자 엄마가 말했다. "너희 둘 중 하나를 잃어버리면 엄마가 너무 놀라서 경찰 아저씨한테 어떻게 생겼는지 설명할 수 없잖아. 그래서 한 명을 잃어버리면 다른 한 명을 이렇게 보여 주려고."

그때 알았다. 우리는 자매도, 경진이도, 시진이도 아니었다. 서로의 거울이자 원 플러스 원이었으며 스페어타이어였다.

방 房

　　우리는 아주 오랫동안 한방을 썼다. 집 안에 방이 남아돌아 공부방이나 강아지 방이 생길지언정 우리는 한방을 써야 했다. 이는 살을 맞대고 사는 날만큼 추억이 많이 생길 거라는 부모님의 생각 아래, 절대로 깨지지 않는 룰이었다. 덕분에 우리는 일찍이 나만의 방을 가지겠다는 꿈을 접고, 오랫동안 모은 세뱃돈으로 각자의 싱글 침대 대신 더블 침대를 샀다.

　　한 살, 두 살, 해를 거듭할수록 우리는 점점 자랐고, 그만큼 침대는 점점 작아졌다. 우리가 중학생이 되었을 때 너무 불편해 더는 같이 잘 수 없다고 말하자, 엄마는 한 사람이 반대 방향으로 자면 서로의 어깨가 닿지 않아 전보다 편히 잘 수 있을 거라고 했다. 어쩔 수 없이 나는 시진이의 발 옆에 머리를 두고 시진이는 나의 발 옆에 머리를 두고 누웠다. 조금 더 넓은 공간은 확보할 수 있었지만, 진짜 문제는 그때부터였다. 발을 덮으면 상대방의 머리를 덮을 수밖에 없는 구조였기 때문에, 우리는 서로 조금이라도 편안하게 자기 위해 밤마다 이불을 자신의 다리 쪽으로 당기는 무의식의 싸움을 해야 했다. 한정된 재화를 두고 이루어지는 땅따먹기 싸움. 이것은 이불 싸움에만 국한된 것이 아니었다. 서로의 물건이 어지럽게 놓인 비좁은 공간에서 우리는 늘 네 것과 내 것을 나누느라 지쳐 있었다. 방은 우리에게 평화의 장소가 아니었다. 치열한 혈투가 벌어졌던 곳으로, 빼앗지 않으면 뺏기는 장소였다. 어른이 된 지금, 우리는 이 싸움을 단 한 번이라도 추억이라고 부른 적이 있었던가?

둘―둘에 대한 단상

이경진: 88년 2월 19일 출생
이시진: 89년 2월 27일 출생

"너희 둘을 얼마나 공평하게 키웠는지……."

"두 명뿐인 집[4]에서 둘째로 사는 게 얼마나 힘든지 네가 알기나 해? 이 집은 일등 아니면 꼴등뿐이야. 애초에 불평등하다고."

"엄마 아빠가 죽으면 이제 세상에 가족은 너희

---

[4] 2006년부터 2017년까지 이소호 시인은 동생 이시진과 단둘이서 서울에서 자취 생활을 했다. '두 명뿐인 집'이란 서울의 바로 그 집을 의미한다.

둘밖에 없어. 그러니 서로를 늘 아끼고 사랑해야 한단다."

하나

한정된 재화로 인해 우리가 공유한 것들의 목록은 다음과 같다.

집, 방, 창가, 식탁, 그릇, 숟가락, 젓가락, 차, 변기, 부엌, 전등, 인형, 거울, 옷, 가방, 침대, 생리대, 양말, 이불, 베개, 화장품, 신발, 책, 필기구, 카메라, 컴퓨터, 샴푸, 린스, 바디 워시, 장난감, 바이올린, 피아노, 장판, 텔레비전, 리모컨, CD 플레이어, 부모, 남자, 친구, 취미, 꿈, 돈, 시간, 방학, 잠, 기타 등등

화음 和音

스무 살 이후 나는 집안의 가장이었다. 그것도 아주 능력이 없는. 돈이 안 되는 시를 쓴다며 오랫동안 학교에 다녔고, 돈이 되는 회사 생활은 스트레스를 핑계로 걸핏하면 그만두었다. 다행히 얼마 후 동생이 일을 나가기 시작했다. 적성에 맞는 일을 찾은 기쁨도 잠시, 일하면 할수록 몸이 아프기 시작했다. 직업은 바리스타였는데 그 많은 관절 중에 하필 손목이 약해 늘 한의원

이나 정형외과를 다녀야 했다. 결국, 버는 돈과 병원비가 비슷해질 때쯤 동생은 일을 관두었다. 그래서였을까. 우리는 운명적으로 가난했다. 누군가가 쉴 때는 꼭 누군가를 부양해야 했다. 감당할 수 없는 카드 명세서나 휴대 전화 요금과 공과금은 매달 닥쳐오는 구체적 불행이었다. 스트레스는 덜 받으면서 내 시간도 있고 건강을 해치지 않으면서 월급도 많이 주는 회사를 찾을 수 없게 되자, 우리는 활발한 구직 활동보다 집에 가만히 있는 것이 오히려 돈을 아낄 수 있다는 것을 깨달았다. 우리는 사회생활을 포기하고, 대신 급하게 돈이 필요하면 최소한의 단기 아르바이트를 했다. 내가 놀 때는 동생이 일하고 동생이 일할 때는 내가 놀며 생계를 유지했다. 우리는 축 늘어진 오선지에 엎어진 도와 레처럼 서로가 서로의 등에 번갈아 업혀 불협화음을 냈다. 박자도 맞추지 못한 채 쉼표와 숨표를 구분하지도 못한 채 허덕이며. 끝끝내 높은 음을 눌러 보지도 못했지만, 우리의 노래는 꽤 오랫동안 지속되었다. ‖: 여리게, 여리게, 점점 여리게. :‖

4인용 식탁 四人用 食卓

어째서 모든 잔소리는 식탁에서 시작되는 걸

까? 부모님이 자취방으로 올 때마다 드는 의문이었다. 평소에는 잘해 주다가 이상하게 밥만 먹으면 '우리는 너희를 그렇게 키운 적이 없는데, 너희가 누굴 닮았는지 모르지만 다 큰 어른이 되어서도 왜 이렇게 인간 구실을 못 하고 사는지 모르겠다'는 뻔하고 전형적인 잔소리를 늘어놓는다. 보통은 한 귀로 듣고 한 귀로 흘리며 공수표를 남발하지만, 우리 둘 중 누구라도 참다 못해 식탁을 박차고 일어나면 없어진 그 사람을 향한 질문이 남은 사람에게 쏟아진다.

안타까운 일이지만 엄마 아빠가 간과한 것이 있다. 우리가 평소 사이가 퍽 좋은 편은 아니지만 4인용 식탁에서만큼은 세상에서 가장 끈끈한 동맹이었다는 점이다. 이미 부모님이 모르는 삶은 너무 길어졌고, 켜켜이 쌓아 온 우리 둘의 서사는 굉장히 견고했다. 주머니에 있던 아이스 블라스트 1밀리그램이나 허벅지에 새긴 돌고래 문신이 그것이었다. 우리는 서로의 비밀을 담보로 거짓말도 서슴지 않았다. 동생의 비밀은 곧 나의 비밀이었다. 고백하건대 이 일은 나를 넘어 우리 가족 모두를 위한 일이었다고 감히 말하고 싶다. 밥상머리 앞에서 한 우리들의 말은 평화를 지켜 내기 위한 노력의 일환이었다. 다만 우리가 저지른 가장 큰 거짓말이 있다면

'나는 부모님에게 거짓말을 한 적이 없다는 것'뿐이다.

행거 hanger

몇 해 전 우리는 같은 시기에 정신과를 다녔다. 극심한 우울증으로 온종일 삶의 마침표를 언제 찍을까 고민하던 시기였다.

평소에는 각자 있는 듯 없는 듯 잘 지냈지만, 불현듯 감정이 서로를 겨누는 날엔, 내가 먼저 죽겠다고 서로를 향해 소리 질렀다. 아이러니하게도 그 와중에 나의 죽음보다 두려운 것은 동생의 죽음이었다. 이는 동생도 마찬가지였던 것 같다. 자기 자신도 어떻게 죽을까 고민하면서도 나의 죽음을 필사적으로 말렸던 것은 언제나 동생 쪽이었다.

병세가 깊어지면 깊어질수록 우리는 서로가 서로의 든든한 구원자가 되어 있었다. 나보다 상대의 죽음을 감당할 자신이 없었기 때문인지, 상대방을 살리면서 내가 살아 있다는 것을 증명하고 싶었기 때문인지는 알 수 없으나, 우리는 매 순간 치열하게 싸우고 협박했다. 싸운 뒤에는 서로의 방문을 열 때마다 각자의 방에 걸린 빈 행거를 보고 안심했다. 빈 행거는 우리에게 살아 있음의 상징이자 죽음의 상징이었다. 우리는 자매니까. 여전히 같은 꿈을 꾼다. 빈 행거에 목을 매는 그 꿈을 꾸고 서로에게 말을 건넨다. "똑똑히 들어. 내가 먼저 저 행거에 목을 매고 죽을 거야. 내가 죽으면 가장 먼저, 네가 나를 발견하게 될 거야."

전지적 피해자 시점[1]

"또 네 입장만 썼잖아. 자 들어봐.
이제부터는 내 입장에서
이야기가 시작될 거야."

나는 지금부터 아주 거친 글을 쓸 예정이다.

날 때부터 피해자였던, 오로지 피해자의 입장에서만 서술된 그런 글.

서울 올림픽 준비가 한창이던 88년, 나는 고작 태어난 지 일 년밖에 되지 않은 해에 탄생한 동생으로 인해 사랑을 빼앗겼다. 그러니까 나는 태어나면서부터,

---

[1] 이 글을 쓰게 된 계기는 어떤 독자 리뷰로부터 출발한다. "이소호는 폭력으로 폭력을 비판한다. 그러니까 또 다른 폭력을 행사하고 있는 느낌이다." 나는 그 말에 대해 골몰하기 시작했다. 그래서 이제부터 '전지적 피해자 시점'으로 나의 이야기를 풀어 보려 한다. 나는 이제 쓰고 말함으로써 피해자도 뭣도 아닌 게 되었다. 그렇다면 나를 무엇으로 불러야 하는가. 나는 양면인가? 나는 동전인가? 나는 두 개인가? 나는 야누스인가? 지킬 앤드 하이드인가? 무엇으로 불러도 상관없다. 그래서 뒷일은 생각하지 않고 써 볼 생각이다. 그냥 쓰면서 생각을 해 볼 참이다. 오로지 나만의 기억과 입에서만 전해져 오는 이 유구한 고통의 서사를.

내가 신생아일 때는 태아이고 내가 두 살일 때는 한 살인 동생과, 늘 나보다 보호받아야 마땅한 망할 놈의 동생과 같이 자랐다. 부모님의 사랑은 온통 동생을 향해 있었다. 구체적으로 받은 피해를 읊어 보겠다. 나는 엄마가 만삭일 때 업힐 수는 있어도 안길 수는 없었다. 나는 자지러지게 자주 울어 젖히고 잠을 설치는 예민한 아기였다고 한다. 그 특성 탓에 난 늘 동생과 비교 대상이 되었다. 어른이 된 지금도 동생은 뒤척이지 않고 잘 자지만 나는 약을 단 한 알이라도 먹지 않으면 잠을 이룰 수 없다. 엄마는 그걸 보고 늘 갓난아기 시절 이야기를 한다. "넌 정말 예민했었지. 작은 소리에도 늘 잠을 이루지 못했지. 엄마가 그래서 너 때문에 잠을 한숨도 잘 수 없었어. 네 동생은 죽은 듯이 얼마나 잠을 잘 잤는지 몰라. 그래서 오죽하면 별명이 잠탱이었겠어."

아무튼 예민한 아기 경진이는 잠탱이보다 일 년 빨리 태어났기 때문에 남들보다 일찍 걸음마를 떼야 했다. 유모차의 자리는 비좁았고 유모차를 타야 할 사람은 여러모로 동생 쪽이었다. 동생은 머리가 무거워 제대로 앉아 있을 수도 없는 신생아였기 때문이다. 나는 동생을 안아서 타거나 엄마에게 업히거나 하다가 결국에는 그 자리까지 빼앗기고 걸음마를 뗐다. 엉금엉금 걸었고 다리가 아파서 주저앉아도 앉을 곳이 없었다. 나는 남들보다 조금 더 빠르게, 일찍 성장해야만 했다. 성장은 곧 생존이었다.

내가 말을 배우기 시작했을 때, 동생도 말을 하기 시작했다. 우리는 말을 누구보다 빨리 배웠다고 한다. 그래서 엄마는 잠시나마 우리가 둘 다 천재인 줄 알고 세상을 다 가진 기분이었다고 했다. 특히 부모님은 동생에 대한 기대가 남달랐다. 엄마 말로는 나는 동생보다는 조금 어리숙하고 바보 같았다고 한다. 진짜 바보라서 바보라고 하는지, 아니면 행동이 어리숙하고 순진하다는 말인지는 모르겠지만 아무튼 동생보다 모자랐다는 말을 스스럼없이 할 때도 있었다. 그도 그럴 것이 동생은 유치원생치고 매우 모범적이고 똑 부러졌다. '누가 시키지 않아도 알아서' 알림장을 챙기고, 숙제를 미리 하고, 내일 입을 옷을 다 챙기고, 잠자리에 들었다고 한다. 무언가 물으면 잊지 않는 탁월한 기억력을 가져서 엄마는 동생에 대한 기대가 컸다고 한다. 애초에 "우리 시진이는 머리가 똑똑하구나. 너는 선생님인 아빠를 닮아서 똑똑하구나." 하면서 동생에 대한 칭찬을 나도 같이 들으며 자랐다. 그리고 나는 집안의 수치, 집안의 멍청이였다. 항상 나를 '무식의 상징'으로 불렀다. 진짜로.

"우리 무식의 상징 왔니?" 하고 불렀다. 뜻은 잘 외워도 용어는 잘 못 외우는 내가 그때 했던 말실수들은 내가 무식하다는 확실한 증거가 되었다. 예를 들자면 내가 '르네상스를 일으킨 이탈리아 가문'을 알아도 그것이 '메디치 가문'임을 기억해 내지 못한다면 그것은 모르는 것과 마찬가지다.

그러니까 나는 뭔가 알긴 아는데 조금씩 모자란 멍청이였다. 똑똑한 동생과 멍청한 언니 사이는 안 봐도 뻔하다. 동생은 무럭무럭 자라서 나를 본격적으로 무시하기 시작했다. 태어날 때부터 나보다 몸집이 좋았던 동생은 결국 모든 면에서 나를 따라잡았다. 동생은 나를 무시했고 나는 저딴 걸 왜 낳았냐고 막 울어 제꼈다. 그때마다 엄마는 그렇게 말했다. "네가 낳아 달라고 했잖아." 그럼 난 울음을 뚝 그치고 씩씩거리며 억울해했다고만 한다.

여기서 잠깐, 이해가 되지 않는 부분이 있다. 분명 우리의 생일은 88년 2월 19일과 89년 2월 27일, 딱 일 년 차이다. 여기서 과학적인 오류가 생긴다. 성교육에 따르면 아기는 성관계 후 착상 십 개월 만에 태어난다. 그럼 일 년을 넉넉히 계산해 봤을 때 동생이 생길 그 무렵의 나는 태어난 지 고작 육십 일이 된 갓난아이다. 그

050

때의 나는 말을 할 수 없다. 몸을 혼자 뒤집지도 못하는데 무슨 말을 한단 말인가. 그럼 내가 낳아 달라고 해서 낳았다는 것은 전부 핑계이다. 그냥 우리의 우애를 좋게 하기 위한 거짓말에 불과했다. 그런데 내가 성인이 되어서도 시진이 때문에 버거워할 때마다 엄마는 늘 그렇게 말했다. "다 네가 원한 일"이라고. 내가 보기엔 예정에도 없었는데 덜컥 생겼거나, 첫째를 낳고서 이왕 이렇게 된 거 연년생으로 낳자고 부부가 알아서 합의를 본 것이 틀림없는데 동생이라는 개념도 없는 갓난아이가 어떻게 동생을 낳아 달라고 했다는 것인지. 말 같지도 않은 이야기다. 그런데 이 말에 나와 동생은 잘도 속았다. 청소년기 동안 동생은 '언니를 외롭지 않게 하기 위해 나를 낳았다니 내 존재가 부정당하는 기분'이라며 분노했고 나는 '시진이를 억지로 이 세상에 태어나게 한 사람'이 되었다. 그리고 그건 시진이가 죽고 싶어 할 때마다, 시진이가 우울증에 시달리며 몸부림치는 저녁마다, 내 죄가 되었다.

시간을 훌쩍 건너 뛰어 보자. 내가 어른이 되었을 때를 이야기해 보고 싶다. 때는 2006년. 나는 빠른 88년생이니까 막 대학생이 되었던 열아홉 살이다. 당시의 나는 필사적으로 무주를 벗어나고 싶었다. 서울에 있는 대학에 가면 동생과 같은 방을 쓰지 않아도 되고, 부모님으로부터 독립하며 진정한 '성인'으로서의 자유를 만끽할 수 있었다. 그리고 그건 청소년 시절 내가 미친 듯이 시를 쓰거나, 공부하게 하는 거대한 원동력이었다. 나는 정말로 그 집을 벗어나 누구의 딸도 누구의 언니도 아닌 이경진으로 살고 싶었다. 술도 마셔 보고 연애도 해 보고 진짜 나를 만나서 나만의 시간과 나만의 공간에서 멋진 어른이 되고 싶었다.

어른이라는 것을 체감하기도 전에 한 학기가 지났다. 첫 학기가 어떻게 갔는지도 모르겠다. 솔직히 대학 생활은 어려운 말투성이였다. 수업은 생각보다 지루했다. 나는 수학만 배우지 않으면 다 재미있을 거라고 생각했는데, 그때 알았다. 수학과 과학이 너무 재미없었기 때문에 상대적으로 국어가 재미있다고 느꼈다는 것을. 아무튼 문학은 영 재미도 없고, 다른 학우들에 비해 독서량이 현저히 적었던 나는 '뭔 소리인지 하나도 모르겠다'고 말하며 학교를 거의 나가지 않았다. 배울 생각도 하지 않고 지독한 예술가 병에 걸려서 수업보다는 과복을 입고 여기저기 돌아다니며 내가 예술대에 다닌다는 것에 심취해 있던 시기였다.

아무튼 그렇게 어쩌다 보니 허겁지겁 9월이 왔

다. 갑자기 부모님과 함께 동생이 내 집으로 왔다. 어떻게 9월에 고3이 여기 올 수 있냐고 물었더니, 내신이 많이 안 좋아져서 검정고시를 보기로 했다고 했다. 이것은 집안의 선택이었으며, 여기에 집이 있으니 여기서 일단 두 달 정도 놀다가 검정고시도 보고, 대학도 그때 가기로 했다는 것이었다. 이것은 사전에 전혀 상의되지 않은 이야기였다. 게다가 서울에 올라온 동생은 자신의 휴대 전화도 가지고 있었다. 나는 말할 수 없는 배신감에 사로잡혔다. 왜냐하면 동생이 지금 누리고 있는 모든 것들은 내가 대학에 가야만 누릴 수 있다고 부모님이 귀에 딱지가 앉도록 말했던 것들이었다.

나는 대학에 붙고 나서야 내 번호를 가진 휴대 전화를 사고 화장도 할 수 있었으며, 옷도 살 수 있었다. 아, 내 집도 가질 수 있었다. 나는 아주아주 가부장적인 아버지 밑에서 '한국 장녀'로 인생을 살았다. 그러므로 나에게 서울과 대학은 거대한 탈출구이자 한줄기 빛이었다. 그래서 나는 시가 좋아서가 아니라 그 희망을 좇아 대학에 왔다. 겨우겨우 재능을 발굴해서 겨우겨우 서울을 오가며 백일장을 다니고 겨우겨우 실기를 봐 가며 진정한 독립을 했는데, 동생은 아무 노력도 하지 않고 내가 가진 것을 전부 얻은 기분이었다. 이렇게 쉽게 동생이 이곳에 나타나다니.

처음에는 장난인 줄 알았다. 그러나 짐 꾸러미를 보고 알았다. 저것은 내게 닥친 현실이다. 무주에서 서울로 장소만 바뀌었을 뿐, 나는 또 동생과 한방을 써야 한다는 것을 알았다. 동생이 온 날 나는 잠자리에 들 수 없었다. 뜬눈으로 밤을 지새운 뒤 나는 아침 밥상머리에서 부모님께 물었다.

"언제까지 쟤랑 살아야 하는데? 약속했잖아. 혼자 살게 해 주겠다고."

"글쎄, 우리도 잘 모르겠네. 일단 앞으로 계속 살아야겠지? 어차피 동생이 서울로 대학 오면 같이 살 거였어. 조금 당겨진 것뿐이야. 생각해 봐. 우리 집이 넉넉한 편도 아닌데 너희 둘한테 따로 집을 얻어 줄 리가 없잖아."

"아니지. 일단 지금 나한테 한마디 상의도 없이 오는 건 절대로 아니지. 그리고 왜 쟤는 성인도 아닌데 휴대 전화를 가져? 너무 불공평해. 나는 대학에 와야지만 살 수 있다고 했잖아! 왜? 왜? 동생에게만 관대한 건데?"

"그럼 서울에 달랑 몸만 보내? 넌 학교에 가니

까 동생이랑 전화가 되어야 할 거 아냐. 이미 다 결정된 거니까 넌 토 달지 마. 이 집은 네 집이 아니야. 애초부터 그랬어. 우리가 내잖아. 여기 월세."

"아무리 그래도……."

"칵!"

돈이라는 말은 참 할 말을 없게 만든다. 집안에서 다 정한 일이니 따르라는 말도 참 할 말이 없게 만든다. 애초에 내 생각은 물어볼 필요도 없었던 것이다. 어차피 묵살될 예정이었으며, 그냥 그렇게 정해진 거였고, 나는 늘 그랬던 것처럼 착한 딸로 모범을 보이며 잘 따르기만 하면 되는 것이다. 어릴 때부터 그랬다. 고압적인 우리 집에서는 매번 어른 말씀에 토 달지 말라고 배웠다. 그러고도 우리가 억울한 마음에 토를 달면, "칵!" 하고 의성어를 냈다. 이건 더 이상 말하지 말라는 마지막 경고의 말이었다. 사실 우리는 그 "칵!"이 무섭지 않았다. 그냥 마지막 경고인 것을 알았기에 더 말을 하지 않는 것뿐이었다. "칵!"이 튀어나오면 더는 말하면 안 된다는 표시다. 여기서 멈추지 않으면 그다음의 일은 어떤 식으로의 폭력이 일어날 것이다. 물리적일 수도 있고, 언어일 수도 있다. 다만 진짜로 폭력이 일어난다는 것이 중요하다. 그걸 아는 나는 그냥 입을 다물 수밖에 없었다. 그렇게 나는 동생과 단둘이 기약 없는 기나긴 동거를 하게 된다. 동생이 호주 워킹 홀리데이 막차를 타기 전까지 우리의 동거는 계속되었다.

여기까지가 모든 불행의 시작이다. 우리 가족이 생활 속 거리 두기를 넘어서 사회적 거리 두기까지 철저히 시행하기만 했더라도 나는 어린 시절에 그랬던 것처럼 화목하다는 거짓말을 곧이곧대로 믿었을 것이다. 이 집안의 가장 큰 피해자는 명백히 나다. 사회적인 명칭도 있다. 80년대 말에 태어난 소위 'K-장녀'. 말하자면 입이 아프다.

방금 이 글을 시진이에게 보여 주었다.

시진이는 내게 "넌 너무 입이 싸."라고 했다.

"실제 일어난 일들이잖아, 난 여기 나의 피해 사실만을 솔직하게 썼을 뿐이야."라고 말하자

"또 네 입장만 썼잖아. 자 들어 봐. 이제부터는 내 입장에서 이야기가 시작될 거야."라고 말했다.

"89년 2월 27일 이시진은 서울에서 태어났어. 이미 육아로 지칠 대로 지친 부모 밑에서 연년생으로. 그녀는 단 한번도 온전한 사랑을 받아 본 적이 없었지.

왜냐면 날 때부터 둘이었거든. 그러니까 우는 것 말고는
방법이 없던 시진이는……."

시진이는 이야기를 시작했다.

갑자기 헷갈리기 시작한다.

분명히 피해자는 난데.

분명히 난데.

내가 맞는데.

6 월 6 일 금 요일 ☀ 🌤 ☁ ☂ ⛄ ( )

일어난시각 잠자는시각

시 분 시 분

〈 오늘은 현충일 〉

오늘은 전쟁때 싸우다 돌아가신 분을 위로하는 날이다.
우리는 10시 까지 기다렸다가 싸이렌이 울리자 우리는 묵념을 했다.
그리고 현충일에 대한 TV도 보았다.
우리나라를 위해 힘써주신 분들 아저씨가 고맙게 생각되었다.

오늘의 중요한 일		오늘의 착한일
오늘의 반성		내일의 할일

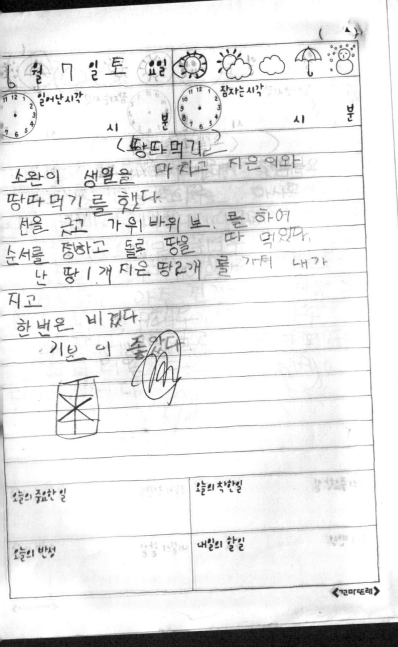

6월 7일 토 요일

일어난시각   시   분

잠자는시각   시   분

〈땅따먹기〉

소완이 생일을 마치고 지은이와
땅따먹기를 했다.
선을 긋고 가위 바위 보, 를 하여
순서를 정하고 돌로 땅을 따 먹었다.
난 땅1개 지은 땅2개 를 가져 내가
지고
한 번은 비겼다.
기분이 좋았다.

오늘의 중요한 일	오늘의 착한일
오늘의 반성	내일의 할일

〈깐마뜨레〉

라스트 아날로거

이상한 교육 방식을 가진 세기말의 초등학교.
나는 거기서 건너 왔다.
그곳은 강한 자들만 살아남을 수 있는 곳이었다.

1

모든 것은 너무 빨리 변했다. 자정. 나는 어제와 오늘의 경계에서 쓴다. 나는 지금 이렇게 '쓰는' 동시에 '쓰였다'고 쓸 수밖에 없다. 0.1초라도 망설이면 그것은 현재가 아니다, 바로 과거다. 그러므로 지금 나는 생각을 거치지 않고 빠르게 타이핑을 하며 과거를 현재에 맞추어 회상한다. 지금 바로 이 순간, 과거가 나를 따라잡을 수 없을 정도로 재빨리 손가락을 움직인다. 손가락은 자신이 무슨 말을 쓰는지 쓰면서도 알지 못한다. 그 정도로 나의 손가락은 변화하는 감각을 포착하기도 전에 일단 쓰고 본다. 그러므로 나는 감히 첫 문장을 이렇게 시작하고 싶다. 지금으로부터 내가 기억하는 범위 내에서, 아주 빠르게, 눈 깜짝할 사이 일어난 모든 일들에 대해 쓰겠다고.

2

　내가 기억하는 대한민국은 애초에 비밀이 많은 나라였다. 말 그대로 하루하루 기적 같은 일들이 일어났다. 전쟁으로 폐허가 된 한국은 불과 몇 년 만에 소위 '한강의 기적'을 일으키게 된다. 수도 서울은 재건한 대한민국을 널리 보여 주기 위해 올림픽을 앞두고 있었다. 전 세계의 눈이 서울 곳곳으로 향하게 될 거라는 걸 안 고위층은 또다시 자신들만의 은밀한 비밀을 만들기 시작했다. 어느 날 갑자기, 눈 깜짝할 사이에 서울은 묵은 때를 벗고 도시화가 진행되었다. 그러나 그때 사람들은 알지 못했다. 이 모든 것이 나라의 이름으로 희생된 개인의 눈물이었음을. 뉴스에 보도되지 못한 사실은 사실이 아니던 시절. '잘사는 모습'을 보여 주기 위해 판자촌은 강제로 철거당하고, 그 자리에 중산층들을 위한 아파트가 대거 들어섰다. 그곳에 있던 사람들은 모두 어디로 갔을까. 그 사람들은 세상에 들키면 안 되는 사람들이었다. 경기도의 허허벌판으로 강제 이주 당해 굴속에서 살아야 하는 사람들이 생겼고, 반대로 강남 개발로 점점 부를 축적하는 사람도 생겼다. 세상은 그렇게 비정상적으로, 이분법적으로 자라고 있었다. 정돈된 내부에 자리 잡고 있던 불행의 씨앗이자, 후에 대한민국을 덮칠 거대한 비밀이었다.

　　내가 태어날 당시 대통령은 노태우였다. 아이러니하게도 그는 민주화 운동의 성공 이후 뽑은 첫 대통령이었다. 군사 정권을 물리치고 민주적으로 뽑은 새로운 군 장교 출신의 대통령. 그렇게 혼란의 시기에 나는 태어났다. 혼란한 시기에 태어난 탓이었는지 몰라도, 좀 배웠다는 언론사의 기자들이나 사회학자들은 우리들을 새로운 세대로 명명하며, 몇 년에 한 번씩 입맛에 맞는 새로운 이름을 지어 불렀다. 그들이 우리를 그렇게 부르는 것은 이해를 목적으로 하는 것이 아니다. 그냥 이 사회 현상에 대한 포장이 필요했을 뿐이라는 생각이 들었다. 언제나 이름을 붙이기만 할 뿐. 아무런 대책도 구제도 없었다. 그래서 이제부터 나는 그냥 어쩌다 탄생한 한 세대와, 그 세대에 맞춰진 불행한 이름들에 대한 이야기를 해 보고자 한다.

3

　　처음 내가 태어났을 때만 해도 나는 '올림픽둥

이'였다. '올림픽둥이'는 서울 올림픽이 개최된 해에 태어난 아이들을 뜻 한다. 그래서 올림픽을 또렷이 기억하는 내 위세대들은 나를 '호돌이'라고 부르기도 했다. 엄마 말로는 내가 아빠 품에 꼭 안겨서 여의도에서 마라톤 경기를 실제로 보았다고 하는데, 정작 내 기억 속에 88년은 존재하지 않는다. 안타깝지만 처음 나를 부르던 이름이었던 '호돌이'는 TV 속에서나 보던 너무나 먼 이야기다. 그러므로 내 기억 속 최고의 캐릭터는 호돌이가 아니다.

　　이름은 한 끗 차이였지만 너무나도 다른 존재. 바로 '꿈돌이'였다. 93년에 태어난 꿈돌이는 존재 자체로 세련되고, 미래 지향적이었다. 꿈돌이는 과학 엑스포가 개막함과 동시에 태어났다. TV에서 꿈돌이는 연일 새로운 과학 체험을 함께 하자며 우리를 대전으로 불렀다. 때문에 꿈돌이는 호돌이 이후 가장 인기 있는 캐릭터였다. 전국 각지에서 명절과 같은 교통대란을 뚫고 대전으로 꿈돌이를 보겠다고 엑스포로 몰려들었다. 한국에서 주최한 최초의 엑스포였기 때문에, 대전 엑스포에 가지 않으면 왠지 도태될 것 같았다. 그래서 우리 가족도 겨우 시간을 내어 대전으로 갔다. 처음 대전에 도착했을 때를 기억한다. 삼각 원뿔 모양에 토성 고리를 달고 있는 듯한 타워는, 남산 타워보다 훨씬 미래적으로 보였다. 나는 잠시 우주를, 과학자를 꿈꿨다.

십 년 뒤에는 세상 사람들 모두가 아주 작은 기계 하나를 가지게 될 거라고 했다. 그리고 그 기계는 알라딘의 요술 램프 같았다. 손안에 가볍게 들어오는데, 전화도 되고, 컴퓨터도 되고, 카메라도 되고, TV도 되고, 워크맨도 될 거라고 했다. 꿈돌이는 내게 십 년 후에는 세상이 이렇게 변할 거라고 알려 주었다. 우리는 달에 갔듯이 언젠가 화성에 갈 수 있을 것이며, 우주여행이 멀지 않았다고 했다. 그러나 그것은 내가 어른이 되는 날처럼 너무나 머나먼 일 같았다. 부모님과 동생의 손을 꼭 잡고 나오면서 우리는 말도 안 되는 일들이라고 말했다. 이십 년 후에나 삼십 년 후에나 가능한 일일 거라고 말하며 웃었다. 다른 사람들처럼 우리는 꿈돌이와 꿈순이 목걸이를 걸고, 우리의 미래를 잠시 훔쳐볼 수 있었다.

4

한편 서울에서는 이상한 일들이 일어나기 시작했다. 성수대교가 무너지고, 백화점이 무너졌다. 뉴스를 보던 엄마는 항상 길을 걷다가도 이상한 조짐이 생기면 얼른 뛰쳐나오라고 했다. 보통의 사람들이 예측할 수 없는 불의의 사고들을 보며, 사실 예방이 다 가능했었단 사실에 우리는 더 분노했다. 이게 다 돈 있는 놈들이 돈을 몰래 떼어먹어서 그런 거라며, 부실 공사가 문제라고 했다. 뉴스에서는 무너진 삼풍 백화점에서 명품이나 보석을 도둑질하며 웃는 사람을 악마라고 표현하며 보도했다. 다른 한편으로는 인명 구조 또한 계속되었다. 사람을 구할 때마다 속보로 보도되었고 우리 가족은 일어나서 손뼉을 쳤다. 기약도 없는 구조를 기다리며 어둠 속에서 14일간 버텨 냈다는 마지막 생존자의 이야기를 들으며 함께 눈물 흘렸다.

그러나 몇 년 뒤, 이번에는 건물이 무너지듯 어느 날 하루아침에 나라가 망했다고 했다. 나는 아직도 그 시절의 공포를 잊을 수 없다. 매일매일 은행이, 기업이 망했다. 친구들이 학교에 와서 흐느껴 울었다. '우리 집이 어려워졌대. 그래서 나 이사 가'라고 말하는 친구들이 너무 많았다. 나도 아빠가 망할까 봐 두려웠다. 그때 엄마가 그랬다. "아빠는 선생님이라서 IMF에 흔들리지 않는 직장을 가졌다."고. 처음에는 그게 무슨 뜻인지 몰랐다. 그리고 신도시로 이사 왔던 친구들이 갑자기 하나 둘 떠나기 시작했다. 다른 지역으로 가거나 호주,

뉴질랜드 등으로 이민을 갔다. 지금 생각해 보면 한국에서는 더 이상 미래가 없다고 판단했던 것 같다. 나라가 망했으니까. 나라는 국민을 도와주지 않는다는 것을 깨달았던 것이다. 그러나 국민은 나라를 도울 수 있다. 살길이 막막해진 국민들은 알아서 살아야 했다. 우리는 우리가 알아서 금을 모으고 알아서 돈을 아끼고 '아껴 쓰고 나눠 쓰고 바꿔 쓰고 다시 쓰는' 운동을 하였다. 우리가 '아나바다'하는 사이 망한 사람들의 자리를 채운 것은 우리가 아닌 다른 세계 사람들이었다. 역사는 반복된다. 세상은 다시 너무나 빨리 변했다. 반복되었다. 여전히 굉장히 불공평하게. 밀레니엄을 기점으로 나를, 나를 둘러싼 세상은 점점 자랐다. 불공평이 피라미드처럼 쌓이고 같은 층에서는 끼리끼리 평등을 유지하면서. 엄마 말처럼 공무원은 회사원과는 달리 IMF에도 흔들리지 않는 안전한 사람이 되었다. 그리고 그 안전함은 지금까지도 유지되고 있다.

5

전 국민의 아등바등으로 국민적 위기를 벗어나자, 사람들은 이윽고 우리를 'N세대'라고 불렀다. N세대의 뜻은 별게 아니다. 그냥 디지털 친화적 세대라는 것인데, 대부분 개인용 컴퓨터를 가지고 있었고, 온라인이라는 가상 세계를 어렵지 않게 받아들인 세대다. 그러나 사람들이 모르는 지점이 있다. 우리 때는 'X세대'에서 'N세대'로 넘어가려면 자본이 필수였다. 삐삐를 쓰다가도 '시티 폰'을 가져야 했고 그다음에는 PCS 폰 혹은 휴대폰을 살 수 있어야 했다. 그리고 컴퓨터가 필요했다. 집에서 개인 컴퓨터를 가지고 인터넷을 사용할 수 있어야 했다. 그래서 N세대로 일찍 넘어간다는 것은 자본을 가져야 한다는 뜻을 내포하고 있었다. N세대란 부의 상징이기도 했다. 누구나 N세대가 되고 싶어 했던 시대에서는 디지털 기기를 늦게 가질수록 도태되었다. 일찍 가질수록 누릴 수 있는 작업의 속도라든가 정보의 양이 남달랐다. 디지털은 또 다른 빈부 격차를 낳았다. 아는 사람은 더 많이 알고 모르는 사람은 몰라서 자꾸 당했다. 부등호는 자꾸 벌어졌다. 그렇게 세상은 또 변했다. 빨리빨리의 민족이라 그런가, N세대라는 말은 너무도 순식간에 낡은 말이 되었다. 더 이상 X와 N의 경계를 나눌 필요가 없어질 정도로 전 국민이 디지털 친화적 국민이 되었기 때문일 거다.

그러자 내 세대의 이름은 얼마 불리지도 못하고 다시 바뀌었다. 이유는 알 수 없으나 좋아진다는 경제는 매번 더 철저하게 망하고, 소리 소문 없이 IMF보다 더한 세상이 왔다. 뉴스는 나를 'N포 세대'라고 불렀다. 포기하지 않으면 생존할 수 없는 세대. 이젠 이 시기가 지나면 사람들은 우리를 뭐라고 부를까. 사실 뭐라고 불릴지는 전혀 중요하지 않다. 어차피 계속 전문가들은 내 세대 앞에 무언가 붙일 것이다. 손쉽게 다른 말을 달고 평가를 해 댈 것이다. 그러므로 오늘로 나는 내 앞에 붙는 세대의 이름을 거부하려고 한다. 붙여야 한다면 나를, 우리를, 스스로를 이렇게 부르고 싶다. 아날로그를 겪은 마지막 세대. 아날로그에서 디지털로 넘어가는 과정을 모두 겪은 마지막 세대. 라스트 아날로거.

6

나는 마지막 6차 교육과정에서 건너온 라스트 아날로거. 국민학교에 입학하여 초등학교를 졸업한 라스트 아날로거. 혼란스러운 교과 과정으로 산수를 배우다 수학을 배우게 되었고, 중학교 입학 전까지 영어 교과서도 없었던 라스트 아날로거. 오전 반과 오후 반이 있고 한 반에 친구가 64명씩 있고 키 순서대로 짝을 지어 주던 이상한 교육 방식을 가진 세기말의 초등학교. 나는 거기서 건너왔다. 그곳은 강한 자들만 살아남을 수 있는 곳이었다.

　　나의 초등학교 4학년 담임 선생님은 월남전에 참전했던 용사였다. 그는 군대식 마음가짐으로 학생을 대했다. 우리는 비록 초등학생이었지만, 선생님들은 어릴 때부터 강한 몸과 강한 정신력을 가지고 있어야 이 전쟁 같은 세상에서 살아남을 수 있다고 생각했던 것 같았다. 그래서 교실 안에서는 강한 자만이 살아남을 수 있었다. 언제나 손톱과 머리 등 용모 검사를 하였고, 제대로 준비하지 않으면 회초리로 손등을 맞기 일쑤였다. 체벌은 당연한 것이었다. 거기서 조금 더 심해지면 단체로 혼이 나게 되는데 '한강철교'라는 것이 아직도 기억난다. 처음 "한강철교!" 하고 선생님이 외치자, 그것이 무엇인지 몰라 허둥지둥하던 아이들에게 선생님은 다 좌우로 나란히를 하게 한 뒤 엎드려뻗쳐를 시켰다. 그리고 각자의 다리를 뒤에 있는 친구의 어깨에 올리라고 했다. 그것이 한강철교였다. 우리 반 친구들은 한강철교를 했다. 운동장에서 전우애를 느꼈다. 우리는 전우가 뭔지 몰랐으나, 자신의 잘못이 아니더라도 모두가 공평하게 체벌을 받으면 그게 전우라고 선생님이 그랬다. 그러면서 선생님은 자신이 어떻게 월남전에서 살아남았는지 알려 주었다. 전쟁은 정말 정말 끔찍한 거라고, 내가 전쟁을 겪어서 너희들이 이렇게 살아 있는 거라고 알려 주었다. 우리는 전쟁 생존자로부터 전쟁을 배웠다. 포로가 어떤 취급을 받는지 들으며 마음 약한 친구들은 무서움에 눈물을 흘리기도 했다. 전쟁은 살벌했다. 그리고 그곳에서 살아 돌아온 선생님은 마치 영웅처럼 보였다. 너희는 비록 어린이지만 앞으로 훌륭하게 자라려면 나라의 감사함을 알아야 한다며 국민 교육 헌장을 외우게 했다. 대통령이나 군인 아저씨에게 꼭 편지를 쓰게 했다. 이 나라가 너희한테 자유를 주었다고, 우리가 일군 이 넉넉하고 아름다운 나라에, 이 기적에 너희는 감사한 줄 알아야 한다고 말했다.

하지만 몇 년 뒤 나라가 망했다. 선생님의 말은 다 거짓말이었다. 이 넉넉함은 사실 다 빚이었고, 돈을 흥청망청 쓰다 IMF인가 뭔가 하는 데에서 돈을 빌렸다는데 우리가 다 쓴 거라서 다 같이 갚아야 한다고 했다. 세상은 쓸모없다고 생각하는 사람부터 과감하게 버리기 시작했다. 나는 주변 사람들이 한 명씩 한 명씩 지워지는 것을 목격했다. 나라를 찬양하던 선생님은 침묵했다. 그냥 우리는 나라와 나라를 따르던 부모를 따라 같이 망했다. 우리는 선생님의 전쟁 포로 이야기처럼, 부모님의 망한 세계로 끌려 들어갔다. 시대의 포로는 우리

였다. 그리고 우리는 여전히 이 전쟁 통을 벗어나지 못
했다.

7

그러나 나는 감성 빼면 남는 게 아무것도 없는
라스트 아날로거이다. 전쟁 속에서도 장미는 핀다. 나
는 오늘의 안락함 속에서 어제의 불편함을 동경한다.
그때의 우리는 약속을 목숨처럼 소중하게 여겼다. 지금
이야 휴대 전화가 있어서 순간순간 대처가 가능하지만
그때는 친구끼리 약속을 쉽게 어기거나 바꿀 수 없었
다. 늦어도 어떻게 늦는지 알릴 방도가 없었다. 정확한
시간에 정확하게 모여야 했다. 그러지 않으면 무작정
기다려야 했다. 무작정 기다리다가 다른 친구들을 우연
히 발견하면 같이 놀이터에 가서 이런저런 놀이를 했
다. 땅에 사과 그리기를 한다든가 정글짐을 집 삼아 모
래로 집을 짓는다든가, 무엇이든 놀이가 될 수 있었다.
그리고 아무도 정확하게 정하지 않았지만 '내일 또 놀
자' 하고 늘 만나던 그 시간에 만나 놀기도 하였다. 그렇
지만 어느 날 갑자기 한 친구가 나타나지 않았을 때 우
리는 말하지 않아도 자연스럽게 알게 된다. 그 친구가
어디론가 멀리 떠났다는 것. 라스트 아날로거들은 자연

스럽게 만나고 자연스럽게 헤어졌다. 인사를 생략한 생이별은 익숙한 일이었다. 우리는 그걸 자연스럽게 받아들였다.

8

나는 우연을 가장한 낭만을 즐겼다. 여행은 우연의 끝이다. 아날로거는 디지털 세대에 비해 정보가 부족하기 때문에 우연에 기댈 수밖에 없다. 선천적으로 길치인 나는, 관광 센터에서 주는 지도에 손으로 일일이 표시하고 길을 물어 가며 여행을 했다. 길을 물으며, 내가 어디 있는지 끊임없이 확인하고, 가는 길에 우연히 알게 된 장소에는 정을 주게 된다. 이것은 아날로그만의 묘미다. 사실 디지털이 발달하면 길을 물을 필요가 없다. 내가 어디에 있는지 어디로 가고 있는지 완벽하게 알려 준다. 심지어 틀린 길로 가면 다시 가라고 안내해 주기까지 한다. 하지만 아날로거는 묻고 헤매고 필연적으로 도움을 받아야 한다. 그 과정에서 나는 수많은 친구를 만났다. 친구들은 자신이 거쳐 온 길을 알려 주며 좋은 숙소의 명함을 받아 뒀다가 나에게 주고, 나는 지금 막 그 도시를 도착한 친구에게 터미널에서 그 명함을 건네주었다. 숙소에 놓여 있던 한국어 방명록을 보며 새 도시에서의 계획을 세웠고, 한국인들의 따뜻한 정을 비대면으로 느낄 수 있었다. 그리고 누군가에게서 건너 건너 들었던 다른 도시로 정처 없이 떠나며 계획에 없는 여행을 즐겼다.

9

한번 지나치면 다시는 돌아올 수 없다는 점도 아날로거만이 누렸던 묘한 쾌락이다. 나는 과거에도 밝힌 적이 있지만 TV 중독자다. 나는 사람들이 한때 TV를 '바보상자'라고 불렀던 때를 잊지 못한다. TV를 너무 많이 보면 생각하거나 무언가를 집중력 있게 읽는 능력이 뒤떨어지기 때문에 책을 더 가까이해야 한다는 이야기인데, 지금 생각해 보면 스마트폰 혹은 인터넷을 너무 많이 하지 말라는 말과 다르지 않게 들린다. 그러나 부모님도 모르는 사실이 있는데, 나는 TV가 바보상자라서 TV를 봤다. 아무 생각 하지 않고 볼 수 있기 때문에 보는 것이다. 마치 명상을 하듯이 머리를 깨끗이 비우려고 TV를 보기 시작했다. 군이 비유를 하자면 호숫가에서 흐르는 물을 보거나 모닥불 타는 것을 가만히 보며 멍을 때리는 것과 다르지 않다. TV를 보면 모든 잡념으로부터 자유로워질 수 있다는 점이 너무 좋았다. TV 안에는 근심도 걱

정도 없었다. 친구와의 불화도 잊을 수 있고, 엄마 아빠의 다툼으로부터 자유로울 수 있었다. 아이돌은 팬들의 사랑을 얻기 위해 최선을 다한다. 내가 듣고 싶어 하는 이야기만 해 준다. 어디서도 받을 수 없었던 사랑을 이야기한다. "팬(경진이) 여러분 사랑해요." 하고 말한다. 내가 원하는 사랑은 거기 있다. 나는 계속해서 TV에 빠지게 되었다.

과거에는 한번 지나간 프로그램은 돌아오지 않는다는 게 불문율이었다. 그래서 보고 싶은 것이 있으면 신문을 펼쳐서 편성표에 표시하고 꼭 본방 사수를 해야 했다. 물론 가끔 인기 있는 프로에 한해서 주말 낮에 재방송을 해 주기도 했지만 그것은 본방송과 달리 편집된 것이었다. 그래서 내가 보고 싶은 프로를 고스란히 보려면 그 시간에 모든 일을 제치는 수고를 해야 했다. 마치 폴라로이드처럼 단 한 번뿐인 장면을 기억 속에 간직하는 것이다. 그러니까 후에 비디오 예약 녹화 기능이 생기고 인터넷 다시 보기 기능이 생기기 전까지는 생방송, 녹화 방송 할 것 없이 나에게는 늘 생방송이었던 셈이다. 정해진 시간에 앉지 않으면 다음은 없다. 다음이 없다는 것은 순간을 조금 더 귀하고 섬세하게 기억하게 한다.

이번에는 조금 더 옛날로 넘어가 보자. 나는 글을 쓰는 사람이니까, '책' 혹은 '종이'가 주는 기쁨에 대해 이야기하고 싶다. 어릴 때 부모님께서는 내가 어떤 단어를 물어보면 꼭 사전을 찾아보게 했다. 그 때문이었는지 몰라도, 어릴 적 유아 난독증 증세가 있어 독서를 고통으로 여겼던 내가 유일하게 읽은 것은 다름 아닌 사전이었다. 처음에는 누구나 그러하듯이 궁금한 단어를 찾아보는 것으로 시작했다. 그러나 십 대 때, 아이돌 팬카페에서 '네임드'가 되려면 특이한 닉네임이 필요하다는 것을 깨닫고 작명을 위해 미친 듯이 사전을 봤다. 국어사전에서 아이돌의 이름과 비슷한 발음의 음절을 나눠서 작명에 쓰는 센스까지 발휘했다. 나중에는 팬카페에서 조금 유명해져서 팬들의 닉네임을 지어 주기도 했다. 이때부터 국어사전에 재미를 느끼게 된 나는 'ㄱ'부터 차근차근 읽게 된다. 어린 시절의 여파로 그때까지 남아 있던 난독증 때문에 다른 책은 아무리 노력해도 오래 읽지 못했지만, 사전만큼은 단어씩 나누어 읽을 수 있어 그때그때 틈틈이 내 마음대로 볼 수 있다는 점이 정말 기뻤다. 어떤 이야기를 익히는 것보다 하루에 몇 단어씩을 읽는 게 훨씬 많은 것을 배우는 것 같았다. 그때 나는 세상에 얼마나 많은 단어들이 있는지 알게 되었다. 아무리 노력해도 이겨 낼 수 없었던 독서 습관과 더불어 또래에 비해 부족했던 어휘력을 이때 채우게 된다.

11

가끔 사람들이 내게 묻는다. "시인이면 손으로 시를 쓰시나요?" 그럼 나는 이렇게 대답한다. "아니요. 수기로 시를 쓴 건 고3 입시 때가 전부고요, 지금은 휴대 전화로 메모하고 아이맥으로 쓰고 아이패드로 퇴고합니다." 그럼 사람들이 놀란다. "메모도요? 어떻게 작업을 전부 디지털로 하시죠?"라고. 그러나 내가 유일하게 아날로그를 버리지 못한 지점이 있다. 바로 물질로서의 '종이'와 '책'이다. 나는 글을 쓰는 것은 디지털로 가능하나 '작품'으로서의 '책'은 '종이'가 아니면 대체가 불가능하다고 생각한다. 그러기에 내 작품은 책으로 태어나야만 비로소 완전하다고 믿으며, 다른 사람의 글을 읽는 작업 역시 종이 책으로 보는 것이 가장 정확하다고 생각한다. 굉장히 아이러니한 일이다. 과정은 전부 디지털인데, 어째서 나는 아날로그를 버리지 못했으며, 여전히 진정한 완성은 아날로그로의 회귀라고 생각하는 걸까.

12

나는 라스트 아날로거.

만화 영화의 시작 화면에서 호환 마마와 천연두를 걱정하는 무당이 춤을 추고, 성인 불법 비디오는 범죄라는 경고를 보던 시절에서 왔다.

이젠 칼라 바를 잊어버린 것 같다.

다시 검은 화면.

섬네일만 보거나, 삼 분 내에 웃기지 못하면 망했다고 평가하는 세상에 태어난 지루하기 짝이 없는 이 글은, 의도적으로 불편해서 아름다웠던 어제를 향하고 있다.

간판을 다 떼어 버린 을지로에서
아는 사람만 알고,
물어물어 찾아야 겨우 만날 수 있는 여기 우리처럼.

그 많던 아버지는 모두 어디로 갔을까

우선 가장의 신파는 생략하기로 한다.
가장은 가장의 사정이 있었다.
그러나 신파는 이미 닳고 닳은, 너무 오래된 유행이다.

태초에 가정이 있었다. 가정은 아버지와 함께 계셨으니 이 가정은 곧 아버지이시니라. 만물이 그로 말미암아 지은 바 되었으니 지은 것이 하나도 그가 없이는 된 것이 없느니라. 그 안에 생명이 있으니 사람들은 경진이라 불렀다.

──가정 창세기 1장 1절

미숙과 용성. 그리고 경진. 그들은 가정 창세기에 등장하는 최초의 인간이다. 중매쟁이가 궁합대로 짝을 지어 용성과 미숙을 만나게 하였고, 곧바로 미숙은 생명 경진을 잉태하게 된다. 그러니 태아로서의 경진까지 곧바로 가정은 셋이 되었다. 하지만 이 설화에는 아직 뒷이야기가 남아 있다. 경진(나)을 낳고 곧바로 시진을 낳으며, 태초에 함께 가정을 꾸렸던 용성은 갑자기 흔적도 없이 사라지게 된다.

입에서 입으로 전해져 오는 이야기에 따르면, 용성은 사탄 마귀의 유혹에 빠지게 된다. 가정을 돌보지 않고 남는 시간에는 술을, 등산을, 테니스를 즐긴다. 이 일은 몇십 권이나 되는 어린 시절 경진의 기록물에 적힌 분명한 사실이다. 아버지는 존재하며 존재하지 않았다. 1학년부터 3학년까지 아버지는 단 세 번 등장한다. '술을 마셨다' '지리산으로 등산을 갔다' 그리고 '테니스를 하느라 늘 바빴다'고. 아버지는 여러모로 창세기전에 배제되었던 성경의 공룡 같은 존재였다. 역사적으로도 생물학적으로도 존재하나, 그 어떤 성서에도 기록되지 않아 존재하지 않게 된 공룡처럼. 가끔 집으로 들어와 쿵쿵 발자국을 찍으며 자신의 힘을 과시하다가 스르륵 사라져 버리는. 절대적이지만 있으면서도 없는, 소문으로만 무성한 존재였다.

우선 가장의 신파는 생략하기로 한다.
가장은 가장의 사정이 있었다.
그러나 신파는 이미 닳고 닳은, 너무 오래된 유

행이다.

새로운 세계에서 고난과 십자가를 마땅히 함께 지셔야 할 아버지는 어디에도 계시지 아니하셨다. 그리하여 아버지는 우리 백성들을 과감하게 버렸다. 버린 이유가 아무리 구구절절 할지라도 변명일 뿐이다. 아버지가 불우한 어린 시절을 보내고, 할아버지의 사랑을 받지 못했기 때문에 자신이 아버지로서 뭘 해야 하는지 몰랐다는 말도 전부. 나는 이해되지 않았다. 그것은 앞의 말보다 더 치졸하다. 나는 기록하는 자로서, 이 이야기만큼은 쓰지 말라 한 것들도 모조리 쓴다. 그리고 덧붙인다. 본인의 결핍을 물려주는 것은 애초에 잘못되었다. 결핍은 노력으로 메꾸어야 하는 것이다. 그게 이 가정을 만든 최초의 인간이 해야 할 일이다. 나는 결코 이 얄팍한 일 하나 때문에 분노하는 것이 아니다. 내가 가장 용서할 수 없는 지점은 그 부분이 아니다. 나를 가장 화나게 했던 것은 가정에서는 빵점이었지만, 교사로서는 만점이었다는 사실이었다. 그 누구보다 빠르게 결핍을 가진 학생들을 알아보시고 선한 목자로서 길 잃은 어린 양들을 돌보셨다. 우리 안의 양들은 뒷전이었다. 나와 동생의 털이 헝클어지고 초점을 잃은 두 눈으로 세상을 원망하며 살아갈 때, 우리만은 우리 안에 있다는 이유만으로 선량한 목자 아버지의 보살핌을 받지 못했다. 이상하게도 그 우리에는 다른 어린 양들이 들락날락하며 너무나도 손쉽게 나의 아버지를 빼앗아 갔다.

내가 사족 보행에서 이족 보행으로 진화하는 동안, 뒤이어 태어난 동생 역시 진화를 거듭하는 동안, 그 모든 장면을 아버지는 보셨을까? 자신이 만든 피조물이 성장해 가는 것을 마음속 깊은 곳까지 보긴 봤을까? 나는 무릎을 꿇고 기도를 올린다. 동생과 둘이 두 손을 꼭 잡고, 창조주에게 울면서 빈다. "보고 계신지요?" "보고 계시는지요?" "아버지, 저는 이만큼 자랐습니다. 제가 몇 학년인지는 아시는지요?" "제가 오늘 뭘 했는지는 아시는지요?" "아버지, 아버지." 목 놓아 불렀으나, 그러나 절박한 간구에도 불구하고 응답하지 아니하셨다.

우리는 광야를 찾아 떠돌아다니는 유대인처럼 남의 집을 떠돌기 시작했다. 우리에게도 기댈 수 있는 남자 어른은 필요했다. 그래서 학교의 선생님들에게 정을 드렸고, 다정히 굴었다. 남이 나의 아버지를 빼앗았듯 나도 다른 사람의 아버지를 빼앗았다. 그래서 아버지

대신 다른 선생님들과 친하게 지냈다. 교무실에 늘 놀러 갔으며, 스승의 날이나 명절에 안부 연락을 드리며 아버지 대신 다른 선생님들을 모셨다. 그렇게 '사춘기'는 왔다.

사춘기. 이것은 문화론적으로 거대한 빙하기다. 모든 것이 얼어붙은 가정의 비밀은 빙산이며 언제나 수면으로 드러난 것은 일부이다. 우리 집도 그러하였다. 우리 집은 아주아주 오랫동안 빙하기를 겪었다. 부모와 부모의 피조물인 우리는 평행선을 달렸다. 우리는 늘 바락바락 대들며 기어올랐고, 피조물 따위인 너희가 어째서 이렇게 불평불만을 늘어놓을 수 있냐고 호되게 야단쳤다. 그러나 예상했듯이 전쟁은 이미 발발하였다. 전쟁은 모름지기 거대한 문명을 한순간에 좌절시킨다. 그것은 곧 이전과 달라졌음을 뜻했다. 우리는 더 이상 순종하지 않았다. 우리는 관심이 고팠고, 굶주렸지만 창조주의 사랑은 다른 곳을 향했다. 그렇다. 우리는 이미 전쟁통에 어쩔 수 없이 내던져졌다. 혀는 총알처럼 늘 서로의 마음에 구멍을 냈고 그 구멍은 생각보다 점점 더 커졌다. 특히 학생에게는 뭐든 관대하던 아버지가 엄격하게 우리의 몸과 행동거지를 단속할 때 반발심은 더 커졌다. 동생은 걷잡을 수 없이 날뛰었고, 그녀는 우리 집의 가장 강력한 투사였다. 흥분한 투사를 잠재울 수 있는 것은 없다. 투사는 모든 것을 다 걸었다. 그 투사는 칼을 들고 매번 용맹하게 싸웠다. 몸에 십자가를 지고 자신의 명예와 영광을 위해 온 힘을 다했다. 그녀에게 이 싸움은 최초이자 최후의 싸움이었다. 그녀는 싸움으로써 가정에서의 위치를 확고히 했다.

한편 또 다른 최초의 피조물인 나는 그 투사 옆에서 간을 봤다. 도대체 이 싸움이 어떻게 돌아가고 있는지 기록관이 되어 낱낱이 파헤치고 그걸 글로 썼다. 이 기록은 쓰레기가 아니라 언젠가 엄청난 사료가 될 것임을 이미 예감했다. 그래서 늘 웃는 얼굴로 창조주를 대하고 뒤에서는 일기에 쌍욕을 썼다. 기록 속에서 내 감정은 널뛰었다. 겉으로는 수도자처럼 조용히 시키는 대로 교복을 입고 시키는 대로 오라면 오고 가라면 갔다. 허나 종이 위에서 나는 이단이었다. 창조주의 말씀과 반대로 어긋나며, 창조주의 말을 곡해하고, 창조주의 말씀을 잔소리로 듣는 나는 세상에 다시없을 이단이었다. 이단은 언제나 은밀하게 활동한다. 드러나는 순간, 이단은 박해받는다. 나는 성인이 될 때까지, 선한 자로 보일 때까지 내 몸을 철저하게 숨겼다.

이 사이에도 기록에 의하면 아버지는 계시지 아니하였다.

엄마 말을 잘 들으라던 아버지의 말씀만이 계셨다.

아버지는 모두의 아버지이시며 여러 자녀를 굽어 살피느라, 우리가 왼손으로 한 일도, 오른손으로 한 일도 영영 모르셨다.

그렇게 창조주의 기억 속에서는 우리의 투쟁은 사라지고 만다.

어느 날 아버지는 예고도 없이 두 번째 인생을 살게 된다.

퇴임 교사라는 길을 걷게 되시매 더는 가까이 돌볼 또 다른 자녀가 없게 되고 마는 것이다.

그러자 창조주는 새 나귀를 타고 갑자기 집으로 건너오시었다.

창조주는 두문불출하시옵고

스스로 하늘이 되시어 땅에서 자신의 위신을 과시하시더니 갑자기 가장이 되었다.

그사이 나와 동생은 무려 이십 대 후반이 되었다.

아버지는 아직도 우리들이 어떤 싸움으로 이 나이에 이르렀는지, 알지 못하시었다.

우리는 그것조차 눈물 나게 서운하였다.

정년 퇴임을 한 지 오 년.

아버지는 공항 콜택시 기사로 세 번째 인생을 살게 된다.

집에만 있는 것이 아니라 용돈벌이를 시작하시었다.

투사는 호주로 갔고, 또 다른 창조주는 무주의 집에 남았다.

그 덕분에 나와 아버지는 단둘이 집에 있게 되었다.

세상에서 가장 어색한 침묵을 여기 둔다.

독자들의 상상을 여기 가만히 놓아둔다.

침묵과 침묵으로 점철된 대화를 24시간 채워 보자.

꼭 필요한 대화만 하자.

꼭 필요한 대화란, 무엇일까.

"오셨어요?"

나는 말을 걸고 자판에 손을 얹는다. 갑자기 이 가정이, 내가 사는 이 세상이 까딱하면 망할 것 같다는 생각이 든다. 나는 이 세상을, 가정을 지키기 위해 노력한다. 쓰레기를 최대한 줄이는 방법으로, 가정에서 쓰레기를 최대한 줄이는 방법이란 말을 최대한 줄인다는 것을 뜻한다. 우리는 부딪쳐 깨지지 않기 위해 최대한 노력한다. 우리는 애초에 맞닿아서 좋을 것이 하나도 없는 존재다. 싸워 봐서, 싸워 보지 않아서 알고 있다. 차가운 아버지와 뜨거운 내가 손을 맞잡아 봤자, 여름날 차가운 유리잔에 물방울 맺히듯 그렇게 뚝뚝 눈물만이 흐를 뿐이다. 그러니까 우리는 이 관계가 딱 좋다. 망하지 않으려면, 이것만 잊지 않으면 된다. 창조주는 늘 하늘, 나는 땅에서 그를 받들면 된다. 그뿐이다. 내가 또 다른 하늘을 받들기 전까지, 억울하지만 울며 받치고 서 있으면 되는 것이다.

그러니까 태초에 가정이 있었다. 용성과 미숙이 나와 시진을 빚었고 우리를, 나를 만들었다. 허나 이 어긋난 이단의 마음으로, 나는 내 생각을 멋대로 적는다.

이단은 자신의 논리가 곧 신념이다. 신념은 행동으로 이어진다. 나에게 행동이란 쓰는 것이다. 고로 나는 존재하며 나는 쓴다. 말은 그렇게 널리널리 퍼지리라. 창조주의 뜻과는 언제나 반대로.

채미숙 대백과사전

분류 : 1959년 출생 | 대한민국의 주부 | 한국 여성 | 서울특별시 출신 인물
| 무용과 한국 무용 전공

1. 생애

채미숙은 1959년 대한민국 서울에서 태어났다. 고등학교에서 한국 무용을, 대학교 무용과에서 한국 무용을 공부했다. 그 후 무용 공연을 하고 연극 무대에서는 등 예술가로서 활동하다 1987년 4월 5일 고교 교사 이용성과 결혼하며 돌연 전업주부가 된다.

2. 유년 시절

1959년 한국 전쟁의 여파가 아직도 남아 있어, 국민 대부분이 힘든 시절이었지만, 채씨 집안의 삼 남매 중 막내로 태어나, 건설업을 하시던 아버지와 남대문에서 의류 장사를 하시던 어머니 덕분에 당시로는 부유층만이 접할 수 있던 무용을 어릴 때부터 배우게 된다. 집 안에는 언제나 운전기사와 가사 도우미가 있어 생활에는 전혀 불편함이 없었으며, 말도 꺼내기 전에 눈앞에 모든 게 갖춰진 삶을 살았다고 전해진다. 한 가지 예를 들어 보자면, 어린 채미숙은 당시 구경 한번 하기 어려웠던 귀한 바나나를 마음껏 먹을 수 있었다고 한다. 그리고 그것이 부유의 증거라는 것을 몰랐을 정도로 부유한 시절을 무려 혼인 이전까지 누리게 된다.

3. 결혼 이전

학력고사를 보기 전, 채미숙은 다가올 불행의 조짐을 알게 된다. 바로 키가 작아 무용과 원서를 넣는 데 한계가 있다는 것이다. 그래서 그녀는 놀라운 재능에도 불구하고 유일하게 키 제한을 두지 않는 예술대의 무용과에 입학하게 된다. 키는 작았지만 그녀는 과 대표도 하고, 나라를 대표하는 무용단으로서 한국 관광 공사 주최로 무대의 한가운데 서서 일본 5개 도시 순회공연을 나가기도 했다. 그러나 여전히 무대는 좁았다. 채미숙은 '실력'이 아닌 '키' 때문이라는 무용수로서 설 입지가 좁다는 사실에 좌절했다. 키는 노력으로 될 수 있는 일이 아니었다. 그래서 다시 태어나는 것을 꿈꿨다. 다시 태어나면 꼭 키 큰 사람으로 태어나 많은 무대에 설 수 있었으면 좋겠다고, 신께 빌었다. 그렇게 평생을 바쳐 왔던 무용수의 삶을 마무리하게 된 채미숙은 다른 무대를 찾게 된다. 사실 무용보다 앞서 꿈꿨던 것은 뮤지컬 배우였다. 선천적 음치였지만 무대를 갈망하던 그녀는 뮤지컬 무대를 관람하는 것을 좋아했다. 그러다 자연스럽게 연극 무대에도 빠지게 된다. 연극 공연을 보러 다니며, 어느 순간부터는 무용 무대보다 연극 무대를 더 갈망하게 된다. '저 무대에 서게 된다면 얼마나 좋을까.' '저 무대에서 또 다른 나로 살아가는 것을 본다면 얼마나 좋을까.' 생각하게 된다. 그러나 이번에도 '키'가 그녀의 꿈을 좌절시킨다. 그녀는 국립 혹은 시립 무용단, 연극단에 시험조차 볼 수 없게 되자, 진정으로 절망한다. 당장 다시 태어나는 것이 불가능했던 그녀는 유치원 예술 선생님으로 취업을 하며 꼭두각시 등 어린이들이 쉽게 따라 할 수 있는 무용을 가르치며 나름 보람 있는 나날을 보낸다.

어느 날 채미숙은 아이들을 가르치다 한 가지 묘안을 생각해 낸다. 아이들을 가르치며 알게 된 것이다. 키가 작아도 무대에 설 수 있는 단 하나의 방법. 바로 나보다 큰 사람이 아무도 없는 곳. 아무 편견 없이 두꺼운 분장으로 나를 숨기면서 나를 드러낼 수 있는 무대를 찾은 것이다. 바로 아동극과 인형극을 전문으로 하는 손가락 극단이었다. 그녀는 극단에 들어가서 어린이들을 상대로 공연을 하게 된다. 몸으로, 가끔 몸 대신 손짓으로 그녀는 어른 대신 아이를 울리고 웃기게 된다.

채미숙은 이때가 '진정으로 자기 자신을 드러낸 유일한 시기'였다고 전했다.

4. 결혼 이후

1987년 초 집안의 주선으로 한국 지리를 가르치는 고교 교사 이용성을 만나게 된다. 남편 될 사람이었던 이용성은 집이 서울이었음에도 불구하고 임용고시를 부산으로 보아, 부산에서 교사 생활을 하고 있었고, 이를 따라 채미숙도 모든 일을 관두고 아무 연고도 없는 부산으로 내려가게 된다. 이때 연극배우로서의 경력 단절이 시작되며 본격적인 전업주부의 길을 걷는다. 가정을 이루어 정신이 없었던 첫해 허니문 베이비로 '이경진'이 태어나고 곧바로 다음 해 '이시진'이 태어난다. 채미숙은 당시 시대의 분위기에 따라 전업주부라는 이유로 독박 육아를 하게 된다. 지금은 친정 식구들의 도움의 손길이나, 어린이집 등 여러 대안이 있으나, 채미숙은 아무 연고도 없는 곳에서 홀로 두 아이를 키우느라 산후 우울증이 찾아온 줄도 모르고 그 시기를 버텼다고 한다.

아이가 걷고 말하고 나서부터 채미숙은 덮어 두었던 꿈을 다시 꾸게 된다. 어느 정도 아이들을 키웠다고 생각하자, 다시 부산 연극 판에 뛰어들어 보았다. 그러나 아이들은 '알아서' 자라지 않았다. 어디엔가 맡겨야만 연극을 다시 할 수 있었다. 점점 염치가 없어진 채미숙은 더 이상 아이를 맡길 수 없는 현실에 부딪혀, 결국 아동극 〈콩쥐 팥쥐〉를 끝으로 또다시 꿈을 접게 된다. 채미숙은 꿈과 함께 지워진 지 오래. 결국 그 시절의 한국 여자가 대부분 그러하듯 두 아이의 엄마로 남게 된다.

5. 작품

이경진 (1988. 02. 19 ~ 2014. 10. 21)

이시진 (1989. 02. 27 ~)

이소호 (2014. 10. 21 ~)

6. 작품 세계 및 평가

채미숙은 필자와의 인터뷰에서 '내가 제일 공들였으나 내 뜻대로 되지 않는 게 자식'이라 밝혔다. 각각의 작품에 대해서 한 줄 평을 부탁하자 이경진 및 이소호에 대해서는 '제 구실은 하고는 있는데 여전히 돈 잡아먹는 귀신'이라 했고 이시진에 대해서는 '노코멘트, 말을 아끼겠다'고 밝혔다. 노코멘트의 이유를 묻자, '현재로는 평가가 불가능한 인물이라며, 앞으로의 행보를 보고 다시 평가하겠다'고 덧붙였다.

7. 여담

[1] 대학 시절에는 과 대표를 할 정도로 리더십이 있고 활동적인 학생이었다고 한다.

[2] 눈이 너무 좋아 돋보기를 쓰지 않고 글씨를 읽는다. 노안이 아직 오지 않았다는 게 우리 집안의 정설이다.

[3] 여행을 무척 좋아하여, 코로나19 이전까지는 꼭 일 년에 한 번 외국에서 한 달 살기를 실천하였다.

[4] 큰 지병은 없으나, 가족력으로 당뇨가 있으며 간이 다소 약하다.

[5] 병력은 따로 없으나, 폐소 공포증과, 고양이 공포증이 있다. 특히 고양이는 알레르기를 동반하고 있으며 공포의 강도는 실제로 어마어마하여 갑자기 나타난 고양이 때문에 졸도한 적이 있다.

[6] 이용성의 휴대 전화에는 '키디'라고 저장되어 있고 이소호의 휴대폰에는 '채 여사님'이라고 저장되어 있고 이시진의 휴대폰에는 '채미숙'이라고 저장되어 있다.

[7] 채미숙은 늘 이용성이 너무 불쌍해서 결혼했다고 말한다. 측은지심으로 결혼한 특이한 사례다.

[8] 채미숙에게 그동안 했던 무용 작품명과 연극 작품명의 필모그래피를 요청했으나, 내게 남은 것은 자식뿐이고 자식이 유일한 나의 마지막 작품이라며, 작품명에 자녀의 이름을 넣기를 부탁하였다. 그리하여 본인의 요청을 받아들여 작품 챕터에는 자녀의 이름만을

적는다.

[9] 다시 태어나면 결혼도 출산도 하지 않고 하고 싶은 대로 하고 살겠다고 항상 말한다. 이생이 아닌 환생 후 '비혼', '비임신'을 선언한 사례다.

[10] 제일 싫어하는 직업은 선생님이고 제일 싫어하는 친구 이름은 경진이었다고 한다. 운명의 장난으로 그녀는 교사와 결혼하고 첫딸의 이름을 경진이로 지었다.

[11] 뚜렷한 호불호와 숨김이 없는 성격으로 처음에는 다들 괴팍하다고 생각하나, 한번 적응하면 아주 쉽게, 그리고 아주 따스하게 잘 지낼 수 있다.

[12] 종교는 없으나 종교를 믿는 자들의 선함을 믿어, 마음이 고통스러우면 병원이 아닌 교회에 가라고 주변인들에게 조언하는 편이다. 신의 선함이 아닌, 신자의 선함을 믿는 사례로 본다.

[13] 채미숙이 아니었으면 우리 집은 진작 망했

다. 그만큼 살면서 외가의 도움은 컸다.

[14] 채미숙은 자신이 세상에서 가장 진보적인 엄마라고 자녀들에게 말해 왔지만, 자녀들의 인터뷰에 따르면 그녀는 매우 보수적인 엄마였다. 일례로, 엄격한 통금과 엄격한 의상 점검과 이성 친구를 엄격히 가려 사귀기를 바랐는데, 이는 자녀를 위해서라기보다 통제하지 않으면 본인이 굉장히 불안해하였기 때문으로 보인다.

[15] 일 년 전, 본인의 통제권 안에 모든 가족이 다 들어올 수 있도록 문이 없는 집을 만드는 게 소원이라고 밝혔다.

8. 명언

"결혼하지 마. 애도 웬만하면 낳지 말고."

"채미숙은 결혼과 동시에 끝났어. 엄마만 남았어."

"나는 이십 대로 누가 돌려놔 준다고 하면
진짜 열심히 살 거야. 다시 다 바꿔 놓을 거야."

"네 아빠는 복도 많아. 나를 만나서 참 편하게 산다."

"내가 갑자기 죽으면 네가 우리 가족을 돌봐야 해.
아빠랑 네 동생은 아무것도 할 줄 몰라.
그러니까, 이 집에서는 경진이 네가 두 번째 엄마야."

"예술가는 예술가로 남아야 돼."

"결혼하면 여자 인생은 끝이야. 그러니까 지금 다
누리다가 최대한 늦게 가. 설거지도 하지 마. 앞으로
평생 설거지하게 될 거니까. 우리 딸은 엄마
있을 때는 설거지 안 해도 돼."

"엄마가 그랬지? 우리 집 가훈이 뭐니. 정직하게
지내자야. 사람이 솔직하게 살아야지. 거짓말이
제일 나빠. 목에 칼이 들어와도 언제나 진실을
말해야 해. 알겠어?"

"너는 절대로 엄마처럼
살지 마."

9. 후기

온갖 발버둥에도 불구하고 여전히 그녀는 나의 미래다.

어떤 일은 일어나지 않는 편이 좋았다.[1]

기본정보

개요 한국 | 스릴러

러닝타임 294,552시간

개봉 1987년 4월 5일

재개봉 2018년 5월 4일

등급 15세 미만 관람 불가

누적 관객 수 1명

배급 창비

---

[1] 이 일은 2018년 5월 4일. 이용성과 채미숙의 장녀 이소호 양이 부모님의 부부 싸움을 보고 굉장히 주관적으로 작성한 것으로, 기억력에 따라 왜곡과 과장으로 점철된 것이다. 그러므로 이 글에 남은 것은 사실이라기보다 4년이란 시간이 만든 픽션에 가까우며 가족이라는 이름하에 재창조된 '악당'과, '바보'와 불행한 '나'가 등장할 뿐이다.

소개

　"내가 뭘 많은 걸 바래?" 싸움의 시작은 언제나 사소한 것이었다. 1987년 선을 본 지 2개월 만에 허겁지겁 결혼을 한 미숙과 용성은 벌써 결혼 30년 차가 되었다. 그러나 시간이 지날수록 사이가 좋아지기는커녕 더욱 사소한 일로 다투기 일쑤였다. 부잣집 막내딸로 자라 평소 눈치가 없고 솔직한 미숙은 그날도 친구의 '남편' 들에 대해 이야기하기 시작했고, 마음이 비좁고 가난한 집안의 '귀한 왕자님'으로 자란 용성은 한참을 가만히 듣다 결국 화를 참지 못하는데 ...더보기

명대사

　"이게 무슨 가족이야? 아무 말도 안 하면?"

-미숙-

　"부부끼리 무슨 말을 해? 말을 하고 싶으면, 나랑 하지 말고 경진이랑 해."　　　　-용성-

관객 평점

　이용성 ★☆☆☆☆
　채미숙 ★★★★☆

책을 펼친다. 나는 알아야 한다. 알 권리가 있다. 집안의 위치에 대해, 집안의 여성의 위치에 대해, 나는 엄마와 아빠와 미래의 나를 위해 틈틈이 페미니즘 공부를 했다. 나는 희대의 명서 보부아르의 『제2의 성』을 펼쳤다. 아직은 고대 그리스 시대부터 중세까지 읽었는데, 아직도 여자의 삶은 변한 게 없다는 생각이 들었다. 나는 절망했다. 나는 여성 시인으로 살아남을 수 있을까. 내 삶을 깎으면서 하나의 퍼포먼스로 남을 것인가. 여성 시인은 행복할 수 있는 것일까. 시인은 무엇일까. 여성은 사회에서 왜 가장 낮은 계급을 유지하고 있을까. 읽으면 읽을수록 역사 안에서 단 한 번도 전복된 적 없다는 게 믿어지지 않는다. 오늘날 주부는 이 시대의 새로운 노예가 아닐까 생각했다. 아빠가 논리에서 무너지자 대답이나 변명 대신 바닥의 물병을 집어 던졌기 때문이다. 말하지 않았지만, 바닥은 엄마 대신이었다. 아빠는 예나 지금이나 폭력적이었다. 권위가 무너지면 폭력적인 행동으로 우리의 입을 막았다. 다시는 아버지 같은 사람과 결혼하지 않겠다고 다짐했다. 이번에 쓰고자 했던 시는 미러링으로 '우리 부모님이 좋아하는 남자'로 쓰려고 했는데 부모님이 좋아하던가 말던가 다 거지 같다. 남자 새끼들은 하나같이 말썽이다. 늙으나 젊으나 어리나 다 하나같이 우리를 착취한다. 나는 다른 예술가 남자와 연애하던 그 시절 그 새끼가 나를 갈궈서 단어들을 건질 때 알았다. 이 새끼는 문학에서까지 나를 착취했다. 자존심을 세우려고 나를 깔아뭉갰다. 그러다 가끔 내 편을 들어주면 그게 고마웠다. 아주 개새끼다. 엄마 같다. 우리 엄마도 그렇다. 엄마는 아빠 뒷바라지를 하면서 아빠가 제일 불쌍하다고 한다. 박근혜 동정하는 어버이 연합이랑 뭐가 다른지 모르겠다. 엄마는 그런데도 왜 본인이 가장 불쌍한지 모른다. 본인이 모든 것을 안고 희생하면서 불쌍한 사람을 거두어 준다고 생각한다. 그리고 나는 그녀를 방관하고 마음속으로 저렇게 살지 말아야지 다짐한다. 저 꼴을 안 보고 말지. 우리가 왜 같이 살지. 저걸 보니까 우리 가족이 행복해 보이려고 했던 모든 행동이 다 거짓인 것이 들통 난 것 같아서 괴롭다. 이걸 보지 않으면 행복하다고 믿을 수 있을 텐데. 가정의 밑바닥은 얼마나 추한가. 누군가의 희생으로 '우리'가 된 가정은 정말 아름다운가. 희생 없이는 사랑도 없는 걸까. 그런 생각을 한다. 나의 미래가 엄마라면 나는 왜 사랑의 종착역이 결혼이라고 생각하고 결혼을 꿈꾸는가. 종착이 아니라 종말인데. 나는 이름 없이 누구의 아내로 살고 누구의 밥을 짓고 설거지나 할 텐데. 시를 가끔 쓰면 네깟 게 예술가라고 깝죽거리느냐는 소리나 듣겠지. 지금처럼 돈도 못 버는 시를 왜 쓰냐고 그럴 시간에 돈 되는 글 한 글자라도 쓰라고. 아빠한테 듣던 말을 남편에게 듣겠지. 남편의 성공을 기다리면서 오지도 않을 행운을 기다리며, 더더욱 불행해지겠지. 가끔 꽃다발이나 안겨 주면서 좋은 남편이라고 유세를 떨겠지. 아빠처럼. 엄마를 지우겠지. 엄마처럼, 마트에 가서 내가 좋아하는 음식만 사겠지. 엄마는 무슨 음식을 좋아하더라. 어떤 스타일의 옷을 좋아하더라. 왜 우리는 그동안 모든 걸 당연하게 여겼을까. 그리고 이렇게 적으면서도 나는 아무 행동도 하지 않겠지. 철저히 방관하면서. 나는 엄마를 돕는 게 무섭다. 도우면서 절감하게 된다. 엄마의 미래가 나라는 것을. 나는 사라질 것이다. 존중받지 못하면서 살아갈 것이다. 사라지며 살아갈 것이다. 살아가면 사라질 것이다. 임신부 시절에 발톱 깎아 줬다는 자랑이 유일한 자랑이 될 때까지. 나는 엄마가 나를 낳던 그 나이가 되었는데. 아빠는 여전히 술을 마실 때만 다정히 우리를 안을 것이다. 가끔 우리를 때리지 않는다고 자랑하며. 우리는 그 말씀에 매 순간 감사하며. 경찰서에 가야 할 남자들의 이야기를 들으며 우리 아빠는 좋은 사람이라고 생각하겠지. 그래도 네 아빠는 안 그래. 그게 우리의 가장 큰 위로겠지. 바닥과 뺨 무엇을 때리더라도 그게 단 한 사람을 향한다는 것을 알고 있다. 하지만 그 손바닥이 뺨이 아닌 바닥을 향했다고 해서 우리는 감사해야 하는가?

엄마는 페미니즘이 싫다고 했다. 페미니즘을 아는 순간 엄마가 믿던 좋은 남편이 사라진다는 것을 엄마도 알고 있기 때문이다. 엄마는 불편하고 무섭다고 했다. 그러면서도 덧붙이길 '나처럼 살지 마.' 했기 때문이다. 우리는 정말 화목한가? 살기 좋다는 말을 누가 하고 있는지 우리 가족이 행복하다는 말을 누가 하고 있는지, 지켜봐야 한다. 행복한 사람은 아빠뿐이다. 엄마가 희생함으로 인해 우리가 가족인 것이다. 살고 싶지 않다. 나의 미래가 엄마가 된다면. 이름 없는 여자. 엄마처럼 나는 인칭대명사로 남을 것이다. 누가 누굴 위하는가. 나는 점점 불행해질 것이다. 나는 사회에선 일개미 집에서는 천민으로 살게 될 것이다. 위 세대보다 우리는 더 행복하다고 자기 위로를 하면서. 위 세대보다 살기 좋으니 그 작은 일들에 감사하라고 이야기를 들으면서. 군대나 더치페이로 입막음을 당하면서. 역차별이라고, 네깟 것이 뭘 아냐는 소리를 들으면서. 내게 데이트폭력 하던 남자가 페미니스트라며 목소리 높인다는 것을 들으면서도 폭로할 용기가 없어 집 안에서 혼자 끙끙 울분을 삼키면서. 그가 작은 영웅이 될 동안 나는 인터넷 서점에서 페미니스트라고 별점 테러를 당할 것을 감수하면서. 나의 이야기를 용기 내어서 하면서도 위로는커녕 매장당할 것을 두려워하면서. 이 모든 불행을 숙명이라 받아들이면서, 나는 점점 그렇게 될 것이다. 나는, 그럴 것이다. 나이가 들수록 엄마를 사랑하는 마음보다 엄마가 불쌍하다는 마음이 더 커졌다. 내가 엄마가 될 나이가 되어 가고 있기 때문이라는 생각이 든다. 결혼이란 제도를 벗어난 여성들의 삶은 어떠할까. 어떤 제도와 관계없이 지붕 아래 남겨진 모든 여성은 불행하다. 우리는 태어나면서부터 불행했다. 몸에 구멍이 하나 더 있다는 이유로.

방파제와 파도 그리고 현주

우리의 우정은 언제나 영원할 것 같다.
영원히 함께하자고 일기장에 적었고
현주도 우리 우정은 포에버라고 했다.

초등학생 때 쓴 일기에 따르면 어린 내가 표현할 수 있는 슬픔의 최대치는 '속이 많이 상했다.'였다. 그리고 그 말은 너무 많이 적혀 있다.

속이 상한 이유는 아주 다양했다. 수학 문제를 제대로 풀지 못해 열등반에서 치욕스럽게 나머지 공부를 해야 했을 때도 속이 상했고, 맛이 없는 피망을 울면서 억지로 먹어야 했을 때도 속이 상했고, 어제까지 재미나게 함께 놀던 친구가 이제부터 너랑 안 논다며 절교를 선언했을 때도, 그 때문에 영문도 모르는 소문에 휩싸였을 때도 나는 '슬프다'고 쓰지 않았다. 그냥 '속이 많이 상했다'고 쓰여 있다.

속이 아주 많이 상했던 경진이는 이후 성장한

경진이에 의해 점점 기억의 저편으로 가다 결국 손수 매장당했다. 그러나 모름지기 상처라는 것은 덮으면 덮으려고 할수록 쉽게 드러나는 법이다. 내가 또 다른 행복으로 열심히 메꾼 기억들은 아주 작은 파도에도 모래성이 와르르 무너지듯 또 다른 상처에 휩쓸려 앙상한 윤곽을 드러냈다. 모래사장 위의 사체처럼 드러난 어린 경진이는 처음 덮을 때처럼 웅크려 있다. 처음 묻혔던 그 모습 그대로, 작은 몸을 더 작게, 둥그렇게 말아 넣은 채로. 세상으로부터 숨기 위해 자신의 몸을 작게, 더 작게 만들었다. 이것은 매일매일 너무나 속이 상해 하나의 점이나 먼지가 되고 싶었던 경진이의 이야기다.

열등반 내의 우등생이었던 1996년도의 나는 친구들의 마음을 잘 읽지 못했다. 친구들의 마음은 언제나 미지수였고 맞지 않는 비례였고, 홀수가 되면 꼭 누군가는 떠나야 하는 이상한 공식과 셈이 있었다. 나는 절친은 꼭 둘이어야만 하는 공식 속에서 답답함을 느꼈다. 매일 집에 같이 가던 친구에게 혹여라도 '다른 친구와 함께 집에 가고 싶다'고 말을 하면 그건 거대한 배신이었다. 상대는 지독한 배신감에 치를 떨었고 그것은 필연적으로 누군가에게 미움을 받게 된다는 것을 뜻했다. 평소 수학에 재능이 없고 셈이 빠르지 못했던 나는 늘 교우 관계에서 을이었다. 잘해 주는 것 말고는 우정을 유지하는 방법을 몰랐던 나는 그냥 뭔가 많이 퍼 주면서도 말 그대로 '손절'을 많이 당했다. 눈치도 없었던 나는 도대체 왜 손절을 당한 것인지 알 수가 없어서 '속이 상했다.' 우리가 그동안 마음을 나누었던 시간은 모두 거짓이 되고, 그 친구의 토라진 뒷모습을 보는 일은 초등학생인 내가 견디기엔 너무 고통스러운 일이었다. 그렇게 자주 손절을 당했던 나에게도 오래오래 기억에 남는 친구가 단 한 명 있다. 부산에서 사귄 사람 중 유일한 친구, 현주.

내가 기억하기에 나는 현주와 초등학교 4, 5학년 때 친구였다. 우리는 그때 다른 친구들처럼 등하교를 같이 했고, 점심시간에 단둘이서 도시락을 나누어 먹으며, 끝나고는 서로의 집에 스스럼없이 놀러 가고, 생일 파티에 서로를 초대하고, 선물을 나누는 평범한 우정을 쌓았다. 그중 현주와만 했던 일이 있다. 당시에는 교환 일기가 붐이었다. 친한 친구라면 모름지기 교환 일기를 써야 절친으로 인정받을 수 있었고, 교환 일기를 각기 다른 두 사람과 쓴다는 것은 마치 불륜을 저지른 것처럼 큰일이 되었다. 나는 교환 일기를 현주하고 가장 오래 썼다. 사실 다른 사람과는 쓴 기억조차 나지 않는다.

속상한 일이 있으면 교환 일기에 편지 형식으로 어떤 일이 있었는지 적었다. 그때는 학교를 마치면 친구와의 교류가 툭 끊어지는 경험을 해야 했다. 그래서 나는 동생이 얄미워 죽겠다는 말이나, 엄마나 아빠에 대한 원망은 물론이고, 공부를 너무 못해서 앞으로 제대로 된 어른이 되지 못하면 어떻게 해야 할지에 대한 걱정을 교환 일기에 적었다. 현주도 마찬가지였다. 가족 이야기를 썼고, 학교생활의 고충을 썼다. 두꺼워진 일기장만큼이나 우정이 깊어지면서, 우리끼리만 갈 수 있는 비밀 아지트도 만들어 두었다. 아파트 단지의 후미진 숲길 뒤에 움집 같은 것을 만들고 둘이서 어른들은 알면 안 되는 시시콜콜한 이야기를 나누었다.

　　우리는 바닷가를 지나 학교에 갔다. 우리의 우정은 언제나 영원할 것 같았다. 영원히 함께하자고 일기장에 적었고 현주도 우리 우정은 포에버라고 했다. "다른 친구가 다가와도 집에는 너랑만 갈 거야." 이런 약속도 있었다. 일기장에는 일상을 넘어서 점점 내밀한 이야기가 쓰이기 시작했다. 솔직히 말하자면 현주의 비밀은 하나도 생각나지 않는다. 나는 내가 쓴 것만 생각난다. 우리가 외가밖에 없는 이유를 말했다. 그리고 가끔 나는 시를 써 주었다. 왜 시를 써 주었는지는 기억이 나지 않는다. 그냥 우정을, 우리의 우정을 단순한 글로 남기는 것은 멋이 없다고 생각했던 것 같다. 그래서 하루 중 우리가 함께했던 일상적 단어들을 채집해다가 한 편의 시로 뚝딱뚝딱 만들어서 교환 일기장에 적어 주었다. 그날의 감상은 언제나 한 줄의 시가 되었다. 매일 내 시를 읽어 주었던 현주가 그때 했던 말이 생각난다.

"경진아, 너는 정말 시인 같아. 너는 성악가가 되고 싶다고 말했지만, 시인이 될 것 같아."

그 말에 기뻤던 나는 더 많은 시를 썼다. 동시를 정말 많이 썼다. 현주의 응원에 힘입은 나는 '방과 후 시인'이었다. 현주는 지금처럼 영원히 꼭 나의 첫 독자가 될 거라고 약속했다.

그리고 사정은 기억나지 않지만, 어느 날 미정이라는 친구가 내게 와서 오늘만 자기와 같이 집에 가 주면 안 되겠냐고 했다. 나는 거절하지 못했다. 미정이가 내게 말을 건 것은 그날이 처음이었고 그 눈빛이 너무나도 간절해 보였다. 그래서 난 그날 현주에게 양해를 구했다. 미정이가 같이 집에 가자고 했다고. "우리 다 같이 집에 가자." 했더니, "나는 불편해서 싫어. 괜찮으니까 오늘은 네가 미정이랑 집에 가."

괜찮다는 말을 곧이곧대로 믿어 버린 나는, 그

날 현주를 잃었다.

현주만 잃은 게 아니다. 사실 미정이는 현주에게 관심이 있었고, 나를 디딤돌 삼아 현주와 단짝이 되었다. 이제 교환 일기는, 현주와 미정이가 쓰게 되었다. 현주를 위해 쓴 절절한 나의 우정 동시들은 한순간에 쓰레기로 전락했다.

더는 아무도 가지 않아 우리의 아지트에는 풀이 무성히 자랐다. 이상했다. 나는 그때도 이해하지 못했다. 우리가 어린이였기 때문에, 우정을 담을 그릇도 작았던 걸까? 왜? 우리는 셋이 되는 법을 배우지 않고 늘 둘이 되는 법만 배워서 뺏고 빼앗아야만 했던 걸까. 단지 의자 하나만 더 놓으면 될 뿐인데.

그날 이후 말 그대로 나는 외톨이가 되었다. 공부를 잘하거나, 재능이 있거나, 뭔가 특징이 있어야 친구를 사귀기 쉬웠던 초등학교 시절, 어느 무리에도 끼지 못했던 나는, 원래 그랬듯이 홀수가 되었다. 어린 나이에 우정이란 참으로 덧없다고 생각했다. 그러나 덧없다고 생각하기엔 너무 슬펐다. 그 시절 우정은 내게 종교였다. 현주는 내가 교환 일기장에 써 둔 비밀을 모두 알고 있는 사람이다. 그리고 내가 적이라고 생각하는 미정이와 지금 교환 일기를 쓰고 있는 사람이다. 그때 알았다. 비밀을 털어놓는다는 것은 '우리'를 견고하게 하기도 하지만 곧 상대방에게 칼자루를 쥐여 주는 것과 같다는 것을 알게 되었다. 칼끝을 내 방향으로 향한 채. 그래서 비밀은 동시에 나누어야 하며 찌르려면 동시에 찔러야 한다. 그것이 룰이다. 그러나 솔직해지는 방법만 배웠던 나는 찌르는 타이밍을 놓치고 말았다. 칼에 찔린 것은 나였으며 나는 너무 깊게 찔려 현주를 겨누지 못했다. 그래서 말 그대로 나는 '속이 상했다.'

나는 우리들 집 사이에 있는 바닷가 앞 공터에 앉아 생각했다. 몇 년째 유원지가 들어선다는 소문만 무성한 바닷가 공터를 나는 홀로 채웠다. 혼자 걸어서, 가끔 미끼를 놓고 물고기 같지도 않은 물고기를 잡는 아저씨들 사이에서 울었다. 우정은 그렇게 쓰였다. 참으로 가볍고 위태로웠다. 오백 원어치의 정해진 시간 동안 타는 방방처럼 참으로 가볍고 위태롭게, 비틀비틀 웃었다. 딱 그만큼의 우정이 닳으면 다른 친구로 갈아타는 것이다.

나는 세상에 '영원하다'는 것이 없다고 믿게 되었다. 덕분에 나는 문학을 하는 지금도 이루어질 수 없는 글에만 '영원히'라는 단어를 의도적으로 쓴다. 영원하다는 것은 존재하지 않으니까. 우리도 그랬으니까.

파도가 계속해서, 몸을 뒤집어 가며 모래를 덮쳤다. 상투적이지만 가장 진실하고 정확한 표현으로 말하자면 파도는 철썩철썩 내 울음소리를 덮어 주었다. 그래서 소리 내서 울고 시뻘게진 눈이 잠잠해질 때까지 기다렸다가 집에 들어가곤 했다. 학교에 가는 게 곤욕이었지만, 곤욕을 곤욕이라고 말하는 것은 자존심이 허락하지 않았다. 그것은 속상한 것보다 더 속상한 일이었다.

몇 년 뒤, 나는 고3이 되었다. 더는 부산에 있지 않고 바다에서 아주 먼, 숲이 우거진 무주에 살게 되었다.

여기에 생략된 이야기가 있다. 내가 이사를 간다는 소식을 듣고 현주가 슬퍼했다는 소식을 들었다. 그 말은 커다란 위로가 되었다. 내가 이사 가는 것을 슬퍼하는 사람이 있었다는 게, 기뻤다. 그래서 '미니홈피'가 생기고 '다모임'이 생겼을 때 나는 현주를 찾았다. 현주가 뭘 하고 사는지 궁금했다. 나는 미니홈피의 파도를 타고 타서 현주를 찾았다. 그리고 오랫동안 지켜보다가 현주에게 쪽지를 보냈다.

'기억날지 모르겠지만 너에게 용기를 내서 쪽지를 보내. 안녕. 나 경진이야. 잘 지내니? 네 미니홈피 구

경하고 있었어. 이렇게라도 보니 너무 반갑다.'

그리고 현주에게서도 답장이 왔다.

'당연히 기억하지. 경진이. 우리 친했잖아. 잘 지내지?'

우리는 이후로도 아주 오랫동안 연락을 주고받았다. 그러면서 자연스럽게 옛날이야기도 했다. 내가 지금은 문예 창작과에 가는 게 꿈이라고 하자 현주는 "맞아. 넌 시인이었지. 글을 아주 잘 썼잖아."라고 답했다. 그리고 방명록에 글을 남기며 일상이나 안부를 주고받았다. 그러나 과거에 있었던 우리의 마지막 일은 아무도 꺼내지 않았다. 우리는 어렸으니까. 상처를 주고받는 게 당연했다. 그리고 그랬기에 그걸 알았기에 나 역시 더는 현주 때문에 전혀 '속이 상하지 않았다.'

늘 그렇듯 세상은 빠르게 변한다. 눈 깜짝할 사이에 나는 고대하고 고대하던 어른이 되었다. 문예 창작과에 갔고, 현주는 무엇이 되었는지 기억이 나지 않는다. 다만 '미니홈피'가 '페이스북'이 되고 '페이스북'이 '인스타'가 되고, 011이나 016 같은 번호들이 제정된 통신법으로 사라지며 연락이 자연스럽게 끊겼다.

다른 건 몰라도 현주랑은 연락이 닿았으면 좋겠다고 지금도 생각한다. 나를 최초로 시인으로 불러 준 친구. 생각도 작고 몸도 작았던 너와, 셈이 둔해서 짝수의 소중함을 몰랐던 내가 지금 다시 만난다면 우리는 어떤 이야기를 일기장에 적을 수 있을까. 무성한 소문으로 흉흉하기만 했던 그 바닷가 공터가 진짜 유원지가 되어버린 지금, 내가 울던 그 바닷가로 이 글을 떠나보내고 싶다. 부산의 바다는 여기서 너무 머니까, 서점에서 '이소호'라는 이름을 달고 서점 가판대에 누워 있는 것이다. 어쩌다 네 손에 닿든가, 아니면 휩쓸려 영영 닿지 않든가, 어떤 식으로든 이 글은 나의 의지와 상관없이 생명력을 가지고 온라인과 오프라인을 둥둥 떠다닐 것이다. 그냥 모든 것을 운에 맡기고자 한다. 우리는 다시 만날 수도 다시 만나지 않을 수도 있다. 어떻게 될지 모르는 미래의 너에게 인사를 건넨다. 이것은 분명히 첫인사이자, 마지막 인사가 될 것이다.

안녕? 안녕. 내 친구 현주.

9 월 29 일 화 요일   날씨 ( )

<제목> 이사간 친구 😊   동시 일기

😊   이사간 친구

언제나 함께 만나고
만남을 같이
슬픔과 기쁨을
함께 하는 친구

구름따라
바람 따라
흘러 흘러
어느 곳으로 가
있을까?

지금 쯤 옆에, 주위에
살고 있을
친구

무슨 친구?
그러면 하는
마음.

대숙이 그리는 모양인가 봐.

검인		2월 23일 목 요일		날씨	맑음		기온	
제목		일기		자기 평가	1 2 3 4 5 6 7			

일 기

일기는 빠른이 엄마

목소리에서 매일나오는

일기.

일기는 빠른이 선생

님 목소리에서 가끔

일기소리지요.

일기는 장난꾸러기

밤마다 나오는 목소리

[병원에서 지킬 일] 환자로서 치료받을 때는 아프다고 엄살을 부리거나 울어서는 안된다. 부모님께 신경질을 내거나 응석을 부리지 않는다. 문병 갈때는 면회시간을 지켜서 가고, 복도에서 뛰거나 의사, 간호사의 하는 일에 방해가 되어서는 안된다. 문병드릴 때는 "빨리 나으세요." 하고 공손히 말하고, 꽃병에 꽃을 꽂아 드린다.

2 월 19일 월 요일 날씨 맑음 기온

자기평가 1 2 3 4 5 6 7 8

제목: 눈

오늘 쓰기 시간에
선생님께서 동시를 외
워 오라고 하셨는데
동시를 못 외워서 눈
동의 다 동시를 만들었습니
다

눈

송이송이 하얀 눈
소복소복 하얀눈
아무몰래 펑 펑

아이들이 좋아 하는 눈 눈
눈은 우리들의 친구

첫 줄은 형편없이 시작되었다

그냥 본 것을 느낀 것을 그대로 쓴다는 것.
느낀 것을 그대로 보여 준다는 것.
그건 나에게 당연한 것이다.

초등학생 무렵 일기는 말 그대로 매일 하는 숙제였다. 일기를 쓰고 엄마를 거쳐서 선생님께 일기 검사를 받아야 했다. 부끄러움이 많았던 나는 다른 친구들처럼 책잡히지 않는 글을 쓰고 싶었다. 그래서 다들 그렇듯이 '뭘 먹고, 뭘 하다, 학교에 가서 수업을 들었으며, 저녁에는 뭘 하다가, 뭘 먹고, 잘 잤습니다. 행복한 하루였습니다.'로 쓰고 싶었다. 하지만 그 누구보다 진보적이고 독특한 교육 철학을 가진 우리 엄마는 당시 초등학교 1학년 꼬마였던 나를 앉혀 놓고 차분히 설명했다.

"경진아, 너 오늘 정말 행복했어?"
"응."

"아니지. 오늘 시진이랑 싸워서 엄마한테 혼나서 울었잖아."

"……맞아. 그랬어."

"울었을 때 네 기분이 어땠지?"

"슬펐어."

"그리고?"

나는 잠시 머뭇거렸다. 진짜 느낀 점을 말하면 혼이 날 것 같았기 때문이다.

"혼내지 않겠다고 약속해."

"물론이지. 약속."

새끼손가락에 도장까지 찍고 난 후에야 입을 뗐다.

"언니라서 내가 더 혼난 게 억울하고 분했어."

엄마는 그제야 방긋 웃으며 말했다.

"그래 경진아. 그게 일기야. 오늘 있었던 일을

솔직하게 적는 것. 오늘 느낀 점을 적는 것. 세상에 아무 일도 일어나지 않는 날은 없어. 정말, 정말 아무 일도 일어나지 않았다면 그날의 기분을 표현하면 돼. 우리 경진이는 표현력이 좋으니까. 엄마는 네가 일기에 엄마 욕을 써도 혼내지 않을 거야. 그 대신 솔직하지 않으면 혼낼 거야. 그건 일기가 아니기 때문에 결국 숙제를 안 한 셈이거든."

그날부터 나는 엄마가 준 무한한 용기에 힘입어 갖은 집안 망신을 일기에 썼다. 누구랑 뭘 하고 놀았는지, 오늘 밥은 어땠는지, 아빠는 매일 술을 마시고 들어오고 주말에는 등산에 가서 서운하다는 둥 별의별 이야기를 다 썼다. 엄마가 일기 검사를 하면 심장이 너무나 두근거렸다. 하지만 늘 아무렇게나 놔두셨다. '솔직해야 한다.' '정직이 모든 걸 다 이기는 거야.'라며, 엄마는 오히려 나를 다독였다.

어느 날이었다. 일기 검사를 한 선생님이 내 일기만 돌려주지 않았다.

"선생님, 왜 제 일기장만 돌려주지 않으세요?"

"그건 경진이 일기가 제일 재미있어서야."

처음에 나는 선생님의 말이 무슨 뜻인지 몰랐다. 하지만 다음 달이 되어서 그 뜻을 알았다.

나는 영광스럽게도 초등학교에서 받은 첫 상이었던, '일기상'을 받았다.

개근상과 함께 무려 육 년 내내.

진실하지 않은 것은 안 된다고, 무조건 다시 쓰라고 했던 엄마의 가르침이 통한 것이다. 후에 전해 듣기로는 그 시절 내 일기장은 학교 교무실에서 돌려 볼 정도로 탄탄한 독자층을 가지고 있었다. 담임 선생님을 포함한 각 반의 선생님이자 나의 열렬한 독자들은 나의 일기를 매일 기다렸다. 그 말을 듣고 나니 나는 더욱더 나의 독자를 실망시키고 싶지 않았다. 없는 일상을 만들어 내기 어려우니 내가 할 수 있는 방법은 단 하나밖에 없었다. 더 솔직하게, 더 섬세하게, 더 세세하게 하루를 쪼개서 묘사하는 것이었다.

그러나 생각해 보라. 초등학교 저학년의 일상은 한계가 있다.

정해진 사람만 만나고 정해진 스케줄에 맞춰 움직여야 한다. 점점 일기는 오늘 겪은 일에서 오늘 본 일이 되었다. 〈경찰청 사람들〉, 〈긴급구조 119〉, 〈퀴즈탐험 신비의 세계〉로 화, 수, 목을 채우고 개천절에는 단군할아버지께 한글날에는 세종대왕님께 편지를 쓰는 등별의별 글을 다 썼다. 나는 일기 쓰기가 지속될수록 매일매일 무언가 해야만 한다는 괴로움에 사로잡혔다. 결국에는 그래서 일기를 그만 쓰고 싶다는 일기를 썼고, 엄마는 아주 솔직했다며 더욱 뿌듯해했다.

그러던 어느 날 나는 묘안을 짜냈다. 학교에서 배운 동시를 생각해 낸 것이다.

"엄마, 그럼 나 오늘 일기에 시 써도 돼?" 묻자 엄마는

"물론이지, 시는 네가 보고 느낀 점을 쓰는 거잖아."라고 답해 주었다.

그 덕분에 나는 한 장을 빼곡하게 채워야 하는 일기를 가끔 시로 대체하게 되었다.

시는 연과 연 사이에 행 하나를 띄울 수 있다는 점이 여러모로 매력적이었다. 시는 매일매일 새롭지 않은 일상으로부터 나를 구원하였으며 오히려 시로 칭찬을 받기에 이르렀다. 시는 너무나도 고마운 존재였다.

그래서 나는 내 인생에 위기가 닥칠 때마다 시

를 떠올렸다. 이것은 '파블로프의 개' 같은 학습 효과다.

시를 쓰면 중간이라도 간다. 이 위기를 타파할 수 있다, 면할 수 있다. 그런 생각. 그리고 뭐든 솔직해야 한다. 솔직하게 써야 한다. 그렇게 나는 용기를 내서 솔직함을 발휘한 것이 아니라 그저 내가 쓰던 대로 글을 썼다. 다만 누군가 용기라고 불러 주었을 뿐이다.

다행히 몇 년 뒤에도 나는 쓰는 것을 멈추지 않았다. 일기를 안 쓰면 교환 일기라도 썼고, 매일은 아니지만 기록이 필요한 날에는 반드시 빈 공책 어딘가에 적어 두었다. 습관이 얼마나 무서운 것인지 그때 깨쳤다. 다만 쓰는 삶의 두 번째 위기는 내가 고등학생이 되었을 때 찾아왔다.

때는 더는 일기가 숙제가 아니었던 열여덟 살 무렵이었다. 잘하는 것은 없지만 글은 써야 했던, 대학은 가야만 했던 때였다. 당시 나는 아이돌 신화에서 동방신기로 SM엔터테인먼트 내리사랑을 시작했을 때였다. 그래서 이유 없이 바빴다. 팬으로서 동방신기에 대한 글을 올리면 팬들 사이에서 인기 글이 되곤 했다. 나는 팬덤 내에서 글로 유명해졌다. 동방신기를 만나야지. 동방신기를 만나려면 서울에 가야지. 서울에 가는 방법은 대학뿐이었다. 대학에 가려면 뭘 해야 하지? 나는 내

진로를 두고 수없이 고민했다. 그때 다시 내가 떠올린 것은, 우습지만 아주아주 오랫동안 닳고 닳게 쓴 것. 유일하게 다수에게 인정받을 수 있는 것. 글이었다.

당시에 나는 라디오에 사연을 보내 온갖 상품을 받아 부족한 살림살이를 채웠다. 백화점 상품권이나 브랜드 백팩을 받기도 했고, 메이크업 브러시 세트 등 당시 고등학생이 벌 수 있는 최대한의 돈을 벌었다. 그리고 백일장에 나갔다. 처음에는 전라북도권에 나가서 문화 상품권 킬러가 되었다. 그것은 부모님 몰래 딴 주머니를 찰 수 있을 정도의 짭짤한 용돈벌이가 되었다. 마침 나는 무엇이든 그럭저럭 잘하는 아이가 아니었다. 분명한 호불호 속에 백 점 아니면 꼴등인 성적이었다. 포기할 것은 애초에 포기하는 게 낫다. 나는 먼저 수학을 포기했다. 그다음에는 물리를 포기했다. 그리고 선생님도 나를 포기했다. 수리와 과학 탐구 영역 점수가 들어가지 않는 곳에 가면 되니까, 그냥 네 맘대로 하라고 했다. 감사하게도 선생님 덕분에 수학 과학 시간에 글을 썼다. 극과 극을 달리는 나는 다독과 다작, 다상량을 성실히 이행했다. 내가 쓴 글은 일반 산문보다 예술에 훨씬 가까웠다. 국어 국문보다 문예 창작에 가까웠다. 그러나 입시 예술에는 다른 게 필요했다. 정해진 주제에 맞춰 시를 시간 내에 쓰는 일은 한 번도 해 보지 않은 일이었다. 나는 그래서 수업 시간 사십 분 안에 글 한 편 쓰기를 연습했다. 그 당시 시골에서 예술은 가당한 일이 아니었다. 나는 곰곰이 생각해 보았다. 내 글이 이번 주의 최고 사연으로 뽑히던 그 시절을, 디제이가 일주일간 내 사연을 무려 세 번이나 뽑아 주던 것을 떠올렸다. 그래. 글이라면 뭐든 될 수 있을 것 같았다. 그러나 나는 지구력이 무척 부족하다. 가만히 앉아 있는 것은 곧 고통을 뜻했다. 입시는 점점 다가왔고 실기와 시험, 둘 중 더 재능 있는 것을 선택해야 하는 시기가 왔다. 당시에 내가 '콩트'인 긴 글을 잘 쓰는지 조금 짧은 '시'를 잘 쓰는지 몰랐다. 그러나 지구력이 없는 내게 선택 권한은 없었다. 쓰면서 알았다. 긴장감에 연필을 쥔 손이 너무 아팠다. 손목이 아팠다. 해낼 자신이 없었다. 산만하기 때문에 두서없이 쓸 수밖에 없었다. 내 생각이 닿는 길을 육체가 따라 주지 않았다. 생각은 이미 저만치 이야기를 끝냈는데, 손은 이제 막 도입부를 시작하고 있었다.

　　이번에도 나는 절망 속에서 '시'를 떠올렸다. 초등학교 때 내가 썼던 그때 그 느낌으로. 솔직하게. 시라면 어떻게든 될 것이라고, 이번에도 나를 구원할 거라고 생각했다. 대학에 가려고 시를 쓰기 시작했을 때만 해도 굉장히 처참했다. 서울로 오가며 전국 고교 백일장에 나갔지만 상을 받을 수 없었다. 왜냐하면 못 썼기 때문이다. 올드했다. 부둣가의 노인이 엉킨 그물을 풀며 회한을 내뱉듯, 내가 쓴 글은 영 형편없었다. 전혀 고등학생답지 않았다. 어디서 주워들은 한자어로 점철된 것에 불과했다. 그러나 나는 나를 믿을 수밖에 없었다. 나의 재능은 너무 한정적이었다. 다시 수능 공부를 하기에는 너무 멀리 왔다. 아니다, 몇 년을 더 주더라도 공부를 잘할 것 같지 않았다. 말 그대로 나는 아주 오랫동안 내 마음을, 내 생각을 표현해 왔다. 그걸 믿는 수밖에 없었다.

아이러니하게도 나는 떨어지면서 글쓰기를 배웠다. 잘 쓴다는 게 뭔지 몰랐고, 교과서 시만 읽다가 마주친 김혜순, 기형도, 그리고 신춘문예 당선 시집은 내게 큰 충격이었다. '시는 이런 건가 봐' '모호하게 마음을 에둘러 표현하는 게 시가 아닌가 봐' '지금 이것보다 훨씬 더 솔직해야 진짜 시인가 봐' 나는 그 시집들을 읽는 날 말할 수 없는 충격을 느꼈다. 살아 있는 시인의 시를 처음 봤다. (물론 기형도는 요절했지만) 현대시는, 동시대 시는 이런 거구나, 생각했다.

'솔직한 거 하나는 자신 있지. 나 모두를 경악하게 할 만큼 솔직하게 할 자신 있어. 성실함과 집안 망신

은 내 특기잖아.'

나는 그 후로 더 악독해지기로 마음먹었다. 그래서 경진이의 세계에 실존 인물들을 쑤셔 넣었다. 내 주변 사람 대부분 관종이었기 때문에 내 시에 본인이 나오는 것을 참 좋아했다. 그러나 '시'를 '에세이'를 사실로 받아들여 버리는 일부의 사람들은 읽고 언제나 경악을 금치 못했다. 나는 이렇게 말했다. "이건 시잖아. 왜 이렇게 놀라?"

그 이후로도 나는 솔직하지 않으면 절대로 안 된다고 말했던 엄마에게 인정받기 위해 썼다. 나는 정직하게 느낀 대로 표현하는 것이 진정한 예술이라고 배웠으며 그게 진정한 문학의 미덕이라고 배웠기에 여전히 조금의 부끄러움도 없다.

그냥 본 것과 느낀 것을 그대로 쓴다는 것. 느낀 것을 그대로 보여 준다는 것. 그건 나에게 당연한 태도이다.

초등학교 1학년 때부터 지금까지 나는 단 한 순간도 달라지지 않았다. 교무실에 삼삼오오 모여 내 일기만을 기다렸을, 내 첫 독자였던 선생님들처럼, 내가 쓴 글을 그들은 읽으며 어떤 즐거움이나 슬픔이나 해방감을 느꼈을 것이다. 더군다나 시의 가장 큰 강점은 이 구구절절 긴 글을, 몇 줄로 요약할 수도 있다는 것이다. 다른 말을 빼고 빼고 뺌으로써 삶에서 가장 무거운 마음의 짐을 단 하나 얹어서 전할 수 있다. 시는 감각의 요약이다. 시를 외워 오는 숙제를 해내지 못해서 대신 직접 시를 썼다던 당돌한 경진이의 마음을 담아 나는 한 줄로 오늘의 글을 마친다.

첫 줄은 형편없이 시작되었다.

10월 1일 일요일 날씨 ☀

< 단풍 >

빠알간 눈
노오란 눈

(1 눈사람을 만들수 없지만)
눈처럼 마냥기분이
좋다 ② 눈사람처럼 어느 좋다.

눈처럼 좋기만 한
단풍

긴긴 겨울 빠알갈꺼
뜨듯하게 지낼수 있겠
지

2부

예절과 새살을 가꾸는 사랑의 길잡이 **오늘의 반성** 매일자기 평가란에 3.2.1
한달 결과를 통계내어 ☐

1. 난 오늘도 부모님께 효도하고, 형제간에 우애있게 지냈습니까?

2. 난 오늘도 선생님을 공경하고, 친구끼리 정답게 지냈습니까? [

3. 난 오늘도 어른을 섬기고, 한가지씩 착한 일을 했습니까? ☐

4. 난 오늘도 물건을 아끼고, 군것질 안하며 저금을 했습니까? ☐

5. 난 오늘도 질서를 지키고, 교통안전에 조심하였습니까? ☐

6. 난 오늘도 청소에 앞장서고, 몸과 마음을 깨끗이 하였습니까? ☐

7. 난 오늘도 인사를 잘하고, 바른말 고운말을 썼습니까? ☐

8. 난 오늘도 나라의 고마움을 알고, 나라 위하는 일을 생각했습니까

일기 잘 쓰는 법

하루 생활의 기록이 일기 입니다.

일기는 하루 생활을 모두 쓰는 것이 아니라 그 중에서 가장 인상 깊게 추억으로 남는 것을 가려 씁니다. 그래서 일기는 마음의 거울이라고도 합니다.

○ 모범 일기를 쓸때는 제목일기를 씁시다.

○ 솔직히 거짓없이 쓰고, 느낌을 많이 써야 좋은 일기를 쓰게 되고, 마음이 넓어지고 생각이 깊어집니다.

○ 띄어 쓰기에 주의하고 글감의 줄거리를 잡아 차례대로 써야 좋은 글을 쓸수 있습니다.

○ 다른 원고지에 문장을 써 보고 여러번 고치고 다듬은 후에 정서하면서 일기장에 옮겨야 좋은 글을 만들수 있습니다.

일기장의 활용

이 일기장은 평생에 두고 두고 ㄱ
도록 곱게 간직하고 예쁘게 꾸미
어린 시절의 추억으로 남습니다.

다 썼다고 버리지 말고 훗날에 볼
있도록 잘 포장해 두어야 합니다.

○ 동요, 동시를 넣어 문예집으로
글감에 대한 감각이 풍부해 진다

○ 기념사진, 그림엽서, 우표, 상표, ㅊ
신문기사 등을 군데 군데 오려
미 생활의 기록장으로 활용합시

○ 자연 관찰, 나의 성장 과정, 집안
찾기, 격언, 속담, 위인의 말씀을
넣고, 자기 발전의 발판으로 삼
삶을 가꾸어 나가는데 큰 힘이 된

검인	3월 30일 목요일		날씨		기온	
제목	내가 고쳐야 할점	자기평가	1 2 3 4 5 6 7 8			

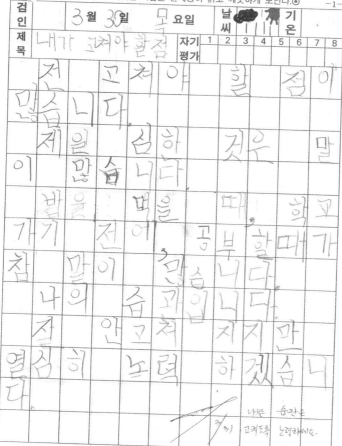

제 고쳐야 할 점이
많습니다.

제일 심한 것은 말
이 많습니다.

밥을 먹을 때 학교
가기 전에 , 공부 할때가

참 말이 많습니다.

나의 습관을

안고쳐지지만

열심히 노력 하겠습니
다.

나쁜 습관을
고치도록 노력하시오.

[웃어른에게 인사] 예절은 어른을 공경하고 이웃을 사랑하는 마음에서 우러나온다. 처음 만나면 2~3m 정도 떨어진 곳에서 "안녕하십니까?" "안녕히 가십시오"하고 공손한 마음으로 인사한다.
두번 이상 만났을 때는 묵례가 좋고, 도움을 받았을 때는 "고맙습니다." 실수 했을때는 "미안합니다."하고 말한다.

운명을 바꿀 수 있다면

그리고 그후로는 오로지 나만을 위해 움직였다.
구원자는 더 이상 없다고 쓰고 나니,
모든 것이 잘 쓰였다.

인간은 나약하다. 그래서 신을 믿는다. 신은 언제나 전지전능하고 우리가 간절히 빌면 들어주신다,라고 인간은 믿는다. 그 믿음으로 말미암아 우리는 신을 믿는다. 믿기에 믿는다. 그러나 나는 신이 꼭 좋은 것만은 아니라고 생각한다. 성서에 나와 있는 것처럼 믿기에 시험에 들게 하시옵고 그렇기에 신의 이름하에 절제와 금욕을 배우며 살 수밖에 없었다. 그러나 다행히도 나는 무신론자의 집안에서 태어났다. 주말을 주일이라고 부르지도 않았고, 등산을 가면서도 절에도 들르지 않았다.

그래서 우리는 늘 인간적이었다. 불행이 닥쳐오면 우리는 신의 시험이라고 생각하는 대신 서로를 탓했다. 조선의 교리 유교를 믿으며, 아버지는 하늘 어머니는 땅으로서 결혼 생활 내내 복종하며 살았고, 이씨 집안이 내게 해 준 게 없다면서도 때마다 차례나 제사를 지냈다. 그러나 사실 생각해 보면 우리 집안을 절대적으로 지배하고 있던 것은 조상이라기보다 미신이었다. 빨간 펜으로 이름을 쓰면 죽는다거나, 북쪽으로 머리를 두고 자지 말라는, 말 그대로 믿기엔 자존심 상하고 안 믿기엔 너무나도 찝찝하고 자잘한 말들을 우리는 믿고, 지키지 않으면 크게 혼이 났다. 우선 나의 탄생부터가 미신 그 자체였다. 나는 사주팔자의 공식에 따라, 온 우주의 기운이 가장 좋다는 바로 그 시간에 수술실에 들어가 제왕절개로 태어났으며, 어여쁘고 독특한 이름 대신 할머니가 철학관에 가서 돈을 주고 지어 온 이름으로 불렸다. 오얏 이에 서울 경에 보배 진. 부모님도 썩 그렇게 마음에 들어 하지 않았지만 오로지 그렇게 불려야 잘 산다는 말 한마디에 이경진은 내 이름이 되었다.

　　내 이름이 얼마나 흔해 빠진 것인지 알게 되는데는 그리 오랜 시간이 걸리지 않았다. 경진이는 한 학년에 꼭 세 명 이상씩 있었다. 당시 내 또래 사이에서 유행하던 지현이나 은지 같은 이름은 여성들에게만 국한되었으나, 내 이름은 남녀와 세대를 막론하고 많아도 너무 많았다. 철학관에서 사주팔자에 꼭 맞춰서 떼

돈을 주고 가져왔다던 내 이름은 아무래도 그 이름을 얻은 모두가 단체로 사기를 당한 것이 틀림없다. 경진이는 세상 흔해 빠진 것이었고 엄마의 친구도 경진이었고, 나도 경진이었고, 내 친구의 이모도 경진이었고, 내 친구도, 내 친구의 친구도 다 경진이었다. 나는 하나의 '경진이 나라'에 사는 기분이었다. 인사를 하면 누군가는 꼭 이렇게 말했다. "내 친구 중에도 경진이 있는데." 나는 이 말이 정말 싫었다. 88년생 이경진에게 경진이라는 이름은 마치 무슬림의 칠십 퍼센트가 가진 이름 무함마드 같은 느낌이었다.

경진이라는 이름이 절정으로 싫어진 것은 내가 '경진'이라는 남자를 사귀고 나서부터다. 이름이 같고, 글을 쓴다는 두 개의 커다란 공통점은 마치 우리 둘이 운명이라고 말하는 것만 같았다. 그래서 썸이고 나발이고 바로 두 번째 만나는 날 사귀기 시작했다. 서로를 경진이라고 부를 때는 굉장히 이상한 기분이 들었다. 경진이는 나이면서 내가 아닌 누군가이고, 내가 좋아하던 사람의 이름이었다. 잠시나마 나는 경진이라는 이름이 좋았다. 그러나 그것도 잠시. 백 일을 대충 채우자마자 그는 나와 되지도 않는 이유로 헤어지자고 했고, 나는 그런 '경진'이에게 매달렸다. '경진'이는 경진이를 애초에 사랑하지 않았으므로 손쉽게 버렸고, 경진이는 홀로 남겨졌다. 시간이 지나면서 알게 되었다. '경진'이가 버리기 전에 경진이가 먼저 버리지 못한 것을 뼈저리게 후회했다. 그는 내 사랑이나 관심을 가질 자격이 없는 사람이었다. 그래서 나는 그와 헤어지고 이름 트라우마를 겪었다. 누군가 내 이름을 부를 때마다 그가 자꾸만 떠올랐다. 경진이를 유령처럼 부름으로써 '경진'이는 부유하며 가라앉지 않고 영영 곁을 떠돌며 잊히지 않았다.

2011년이 되었다. 나는 본격적으로 시를 쓰기 시작하면서 이름을 바꾸고 싶다는 열망에 사로잡혔다. 경진이는 시인의 이름에 어울리지 않는다고 생각했다. 엄마에게 넌지시 이름을 바꾸고 싶다고 말했다. 엄마는 깊은 고민에 빠졌다. "철학관에서 너 태어나는 시간에 딱 맞춰 지어 온 이름인데 이보다 좋은 이름이 있겠니? 네 시가 죄지. 이름은 아무 죄가 없어." 맞다. 이름이 구린 게 아니라 시가 구렸다. 나는 수긍했다.

2014년이 되었다. 사 년 동안 이경진이라는 이름으로 시를 수없이 많이 썼다. 이경진이라는 이름으로 쓴 시들은 모두 떨어졌다. "엄마. 경진이는 안 되나 봐. 경진이로는 영영 될 수 없나 봐." 내가 울며 전화를 걸자 엄마는 은밀하게 새로운 철학관을 알아보았다. 철학관에서는 이제 이경진이라는 이름은 운이 다해 재수가 없다고 했다. 이야기를 들은 엄마는 내게 말했다. "네가 그렇게 원한다면 우리 다시 운명을 바꿔 보자."

우선 나는 평소에 가지고 싶었던 예쁜 이름 목록을 뽑았다. 사실 내가 쓸 수 없었기에 훗날 내가 결혼하여 자녀를 가지게 된다면 지어 주고 싶은 이름의 목록이었다. 그 다음에는 가족과 친지, 친구들에게 전화를 걸어 예쁜 이름을 모았다. 그리고 엑셀 파일을 만들었다. 나와 어울리는 이름을 투표해 달라고 공지를 올리고 모두가 신중하게 한 표씩 던졌다. 총 세 개의 이름이 후보에 올랐다. 이제는 사주팔자에 어울리는 이름을 고를 차례였다. 한자 획수나 내가 태어난 날과 시간에 꼭 맞아서, 재수가 오지게 좋은 예술가에게 맞는 이름을 지을 차례였다. 잘 살고 부자가 되고 행복하게 된다는 그 이름을 지을 차례였다. 철학원에서 단 하나의 이름이 돌아왔다. '이소호' 소금 소에 좋을 호. 귀한 사람이 되라는 뜻. 굉장히 민주적이고 기독교적이고 유교적인 괴이한 이름.

2014년 8월이었던 것 같다. 나는 이경진으로 살며 고통스러웠던 시절을 판사님께 편지로 보냈다. 개명 허가가 나려면 서글픈 사연이 있어야 하는 법이다. 앞서 쓴 말과 다르지 않다. 얼마나 재수가 없었는지 이름으로 겪은 트라우마와 '이소호'라는 이름이 왜 필요한지도 써야 했다. '소호'는 나의 빛나는 미래가 될 거라고, 소호는 예술가에게 꼭 어울리는 이름이라고 적었던 것 같다. 그리고 9월이 되었다. 나는 마지막으로 월간 『현대시』신인 추천에 시를 투고했다. 신인 추천제도이기 때문에 이력서를 첨부해야 한다. 이력서는 본명이어야 하므로, 마지막으로 이경진으로 투고한 곳이 되기도 했다. 이경진이라고 대봉투에 적으며 말할 수 없는 기분을 느꼈다. 사실 나는 이미 개명 허가가 났고, 한자를 제대로 확인해서 다시 보내면 완전하게 이소호가 될 수 있다는 연락을 받은 후였기 때문이었다. 그리고 보름 뒤, 나는 이경진으로 마지막으로 투고한 곳에서 전화가 왔다. 등단을 축하한다고.

　　　내가 등단이 된 것이 정말 이름 때문인지, 아니면 그때 이름을 바꿀 정도로 절박했기 때문인지는 알 수 없다. 때마침 소위 '아다리'가 맞아서 잘된 것일지도 모르겠다. 그러나 우리 가족은 모이기만 하면 이름 이야기를 한다. 우리 경진이가 '소호'가 되어서 이렇게 잘 되었다고. '소호'로 이름을 바꿔서 상도 받고 책도 내고 유명한 작가가 되었다고 말한다. 그러나 나는 소호라는 이름으로 살아 보며 생각해 본다. '이름이 인간의 운명을 몇 퍼센트나 좌지우지하는 걸까?' 누군가는 인상을 믿고, 누군가는 손바닥을 믿고, 누군가는 시간을, 그리고 대부분은 미지의 누군가를 믿는다. 어처구니없는 이야기가 될 수 있지만 생각해 보면 내가 가장 믿는 것은 미신도 이름도 아닌 바로 나 자신이다. 내가 예술가로서 불리고 싶은 이름을 짓기로 결정했을 때, 그때 시인이 될 수 있었다.

나는 뉴욕에서 내가 잠시 신을 믿었을 시절을 생각했다. 예배당에서 새벽에 무릎을 꿇고 앉아 기도해도 신이 그 어떤 고통으로부터도 나를 해방시켜 주지 않는다면, 역시 나를 구원할 것은 나밖에 없다고 생각했었다. 그리고 그후로는 오로지 나만을 위해 움직였다. 구원자는 더 이상 없다고 쓰고 나니, 모든 것이 잘 쓰였다. 신께서 자신의 자녀인 나를 깜빡 잊은 그 시간에. 그러니까 이름과 상관없이 '소호'가 잘 된 것은 전부 경진이 덕분이다. 경진이라는 이름을 영영 잊고 쓰지 않았다면 당신이 아는 '소호'는 존재하지 않는다. 88년의 서울의 모 철학관에서 지은 경진이는 죽음으로써 온 운을 소호에게 다 맡기고 간 것이다. 나는 이제 내가 가장 좋아하는 빨간색 펜으로 경진이라는 이름을 써 보려고 한다.

모든 불운을 다 뛰어넘어서, 경진이는 소호로서 영원히 살아 있다. 미신을 신보다, 신보다 나를 더 굳게 믿는 나는, 운명을 뒤집어 펼쳐 본다. 경진이는 아직 살아 있다.

12월 8일 구 요일 날씨 맑음 기온

제목 산수왕

자기평가 1 2 3 4 5 6 7 8

옹운		수	학	에	서		공	부
하	꼴		나	시		선	생	님	의
초	록		쪽	지	를		주	셨	습	니
다		초	로		쪽	지	에		수	학
왕		이	리	고		쓰	여	서		좋
분	이		매	우		좋	았	습	니	다
	펄	펄		뛰	고		입	이		찡
어	지	고		빨	리				
았	습	니	다.		얼	른		가	서
	나	는			엄	마	한	테		했	더
랑	을		엄	마	한	테		했	더
엄	마	가		뽀	뽀	를		하

[차 탈대의 예절] 승차할때는 줄을서서 차례로 타며, 차선
다가서지 않다. 차안에서는 노약자에게 자리를 양보하고 차창으
로 손을 내 밀지 않는다. 차속에서 이곳저곳 옮겨다니지 않고
소리로 떠들지 않는다. 긴 의자를 혼자 차지 하거나, 드러 눕
신발을 신고 올라 서지 말자.

월	일	요일	날씨		기온						
자기			1	2	3	4	5	6	7	8	
평가											

습니다.

소학왕 이라고 친구

한테 자랑 하고 싶

습니다.

　　학교 공부 시간 에도

　왕 이 되도록 노력 하면

　좋겠구나

[교통질서 지키기] 아무리 바빠도 급하게 서둘지 않는다. 길을
건널때는 횡단보도나 육교, 지하도를 이용한다. 사람은 왼쪽, 차는
오른쪽으로 다닌다. 차도에서 놀거나 장난을 치지 않는다. 건널목은
초록불이 켜질때 건너야하며 좌우를 잘 살펴 손을 들고 여럿이
함께 건너도록 한다.
건너다가 뒤돌아 보고 머뭇거리는 일이 없도록 주의하자.

입에서 입으로 전해지는 소호

1990년대[1]

일기를 잘 쓰며 생각과 느낌을 글로 나타내는 표현력이 우수함. 항상 의문이 많아 질문을 잘하며 관찰 활동에 관심이 높음. 명랑 쾌활하며 티 없이 맑고 천진합니다. 의욕적이고 창의적입니다. 언행이 바르고 친절하며, 항상 명랑하게 생활합니다. 악곡의 내용을 파악하여 바르게 표현하는 가창력이 우수하고 적극적인 사고를 가지고 있으나 집중력이 부족하다. 온순하고 다소 소극적임. 자기 주변 정리 다소 잘 안 되는 경우가 있음. 착하고 순진함. 차분하게 자기 일을 함. '종이 접기 부'

---

[1] 초등학교 시절에 선생님들이 쓰신, 성적표 및 가정통신문에서 발췌한 '나'를 모은 것이다. 인간은 역시 노력해도 변하지 않는다는 사실을 알 수 있었다.

클럽 활동에서 흥미를 가지고 열심히 참여함. 사교적이며 인사성이 바르고 매사에 호기심이 많고 의욕적임. 명랑한 성격으로 활기차게 생활하며 매사에 적극적임. 주어진 일을 열심히 함. 성실히 참여함. 명랑한 성격으로 학급 일에 협조적이며 자기 의견을 잘 내세울 줄 아는 경진이입니다. 좀 더 자기 주변을 정리정돈을 잘하는 습관이 길러지면 좋겠습니다. 항상 밝고 창의적인 면도 많이 갖고 있는 경진이입니다. 수학과에도 차근차근 학습하면 더 많은 발전이 있으리라 믿어집니다. 계속 격려 바랍니다. 학습 태도가 차츰 정착되어 가며, 자신의 생각을 솔직하게 글로 잘 나타내고 종이접기를 즐기며 식물의 자람에 관심을 갖고 잘 돌봅니다. 글을 차근차근하게 잘 읽고 자신의 생각이나 느낌을 글로 솔직하게 잘 나타내며 발표를 조리 있게 잘합니다. 주변 현상에 대해 흥미와 호기심이 많고 노래를 즐겨 부르며 가창력이 좋습니다. 성격이 밝고 활달하며 급우들과 잘 어울리나 일의 순서를 정해 차분하게 처리하는 태도가 필요합니다. 자신의 주변을 정리 정돈 하는 습관을 길러야겠습니다. 명랑 쾌활하고 꾸밈없이 행동하여 자기 의견을 정당하게 주장하고 급우들과 잘 어울리나 책임 완수에 힘써야 겠습니다.

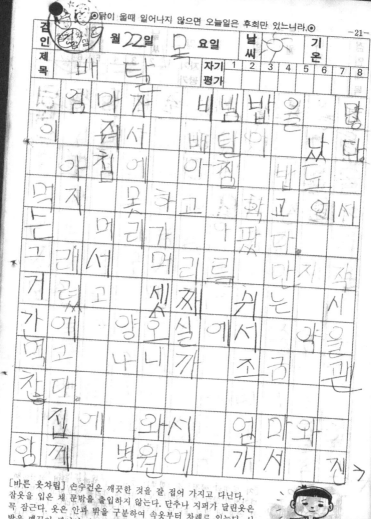

9월 22일 요일 / 날씨 / 기온

검인 / 제목: 배탈 / 자기평가: 1 2 3 4 5 6 7 8

엄마 자 비빔밥을 많
이 줘서 배탈이 났다
아침에 아침 밥도
먹지 못하고 학교에서
는 머리가 아팠다
그래서 머리를 만지 쪽
거리고 셋째 쉬는 시
간에 양호실에서 약을
먹고 나니가 조금 괜
찮다
집에 와서 엄마와
함께 병원에 가서 진 →

[바른 옷차림] 손수건은 깨끗한 것을 잘 접어 가지고 다닌다.
잠옷을 입은 채 문밖을 출입하지 않는다. 단추나 지퍼가 달린옷은
꼭 잠근다. 옷은 안과 밖을 구분하여 속옷부터 차례로 입는다. 신
발은 깨끗이 씻어서 간수하고 구겨 신지않는다. 걸음은 허리를 펴
서 바르게 걷고, 신발을 질질 끌지 않는다.

월	일	요일	날씨				기온		
			자기평가	1	2	3	4	5	6	7	8

을 받고 새를 두

맛있다.

이 내리고 배도

지 않다.

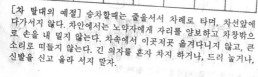

[차 탈때의 예절] 승차할때는 줄을서서 차례로 타며, 차선앞에 다가서지 않다. 차안에서는 노약자에게 자리를 양보하고 차창밖으로 손을 내 밀지 않는다. 차속에서 이곳저곳 옮겨다니지 않고, 큰 소리로 떠들지 않는다. 긴 의자를 혼자 차지 하거나, 드러 눕거나, 신발을 신고 올라 서지 말자.

슬기로운 병원 생활[1]

다음에 기술된 문장은 뒷부분이 빠져 있습니다. 각 문장을 읽으면서 맨 먼저 떠오르는 생각으로 뒷부분을 이어 문장이 완성되도록 하면 됩니다. 시간 제한은 없으나 되도록 빨리 하시고, 자기의 솔직한 마음을 그대로 나타내야 합니다. 빠뜨리지 말고 모두 써넣으십시오.

---

[1] 이 문장 만들기는 정신과 혹은 심리 상담 센터에서 초진 혹은 완치 후 재발 시 반드시 작성해야 하는 것이다. 이 문장의 답변을 토대로 환자의 상태를 파악하고 치료 방향 또한 잡기 때문이다. 그래서 '현재'가 중요한 이 문장은 쓸 때마다 매번 답이 달라지며, 처방 또한 마찬가지이다. 2020년 8월 22일 오후 12시 29분 작성된 이 문장을 제출하고 나서, 나는 아침저녁으로 11개의 알약을 복용하기 시작했다. 진공 상태처럼 아무런 사건 사고 없이 잘 지내는 줄 알았던 나의 소박한 삶은 작은 바늘 같은 것으로 슬쩍 건드리기만 해도 무너지는 것이었다. 그렇게, 힘들게 단약에 성공한 지 일 년 반 만에 나는 다시 환자가 되었다. 그리고 거짓말처럼 일 년 동안 쓰이지 않던 시가 쏟아져 나오기 시작했다.

1. 나에게 이상한 일이 생겼을 때

  결국에는 전부 내 탓이라고 생각한다.

2. 내 생각에 가끔 아버지는

  다정하다.

3. 우리 윗사람들은

  죄책감도 없이 늘 아랫사람을 착취한다.

4. 나의 장래는 남들처럼

  그냥 그렇게 죽을 것이다.

5. 어리석게도 내가 두려워하는 것은

  사람들의 시선 혹은 평가다.

6. 내 생각에 참다운 친구는

  말하지 않아도 모든 것을 이해하는 존재이다.

7. 내가 어렸을 때는

  안 좋은 일을 당했을 때 도움을 요청할 곳이 전혀 없었다.

8. 남자에 대해 무엇보다 좋지 않게 생각하는 것은

  욕구를 참지 못하는 것이다.

9. 내가 바라는 여인상은

  자신의 일을 잘하는 사람이다. (집안일 ×)

10. 남녀가 같이 있는 것을 볼 때

  곧 불행해질 것이라고 생각한다.

11. 내가 늘 원하기는

아무런 일도 일어나지 않는 진정한 내면의 평화다.

12. 다른 가정과 비교해서 우리 집안은

모두의 희생과 거짓으로 겨우 꾸민 화목한 가정이다.

13. 나의 어머니는

바보다.

14. 무슨 일을 해서라도 잊고 싶은 것은

데이트 폭력과, 유년 시절이다.

15. 내가 믿고 있는 내 능력은

결국에는 글을 잘 쓰는 것뿐이다.

16. 내가 정말 행복할 수 있으려면

죽거나, 그 누구와도 아무런 관계도 맺지 않아야 한다.

17. 어렸을 때 잘못했다고 느끼는 것은

사람들에게 너무 만만하게 보인 것이다.

18. 내가 보는 나의 앞날은

잘될 것이나, 그래 봤자 어차피 죽을 것이다.

19. 대개 아버지들이란

고압적이고 위계를 좋아한다.

20. 내 생각에 남자들이란

시대를 막론하고 다 똑같다.

21. 다른 친구들이 모르는 나만의 두려움은

말을 섞음으로써 생기는 뜻하지 않은 오해이다.

22. 내가 싫어하는 사람은

  사람의 높낮음을 멋대로 판가름하는 사람이다.

23. 결혼에 대한 나의 생각은

  지옥의 전조이자, 죽음의 행진이다.

24. 우리 가족이 나에 대해서

  능력은 높이 사나, 부양해야 할 짐이라고 생각한다.

25. 내 생각에 여자들이란

  늘 참고 견디는 존재다.

26. 어머니와 나는

  너무나도 소름 끼치게 닮았다.

27. 내가 저지른 가장 큰 잘못은

  부정을 알고도 다 용서했다는 것이다.

28. 언젠가 나는

  너희들에게 당한 것을 전부 다 갚아 줄 것이다.

29. 내가 바라기에 아버지는

  정신을 차려야 한다.

30. 나의 야망은

  외국에서 조용히 사는 것이다.

31. 윗사람이 오는 것을 보면

  나는 알 수 없는 두려움이 앞선다.

32. 내가 제일 좋아하는 사람은

앞뒤가 같은 사람이다.

33. 내가 다시 젊어진다면

　더는 살지 않겠다.

34. 나의 가장 큰 결점은

　기억력이 너무 좋다는 것이다.

35. 내가 아는 대부분의 집안은

　화목한 척한다.

36. 완전한 남성상은

　존재하지 않는다.

37. 내가 성교를 했다면

　상대를 다 맞춰 준 것뿐이다.

38. 행운이 나를 외면했을 때

　불운하다고 생각한다.

39. 대개 어머니들이란

　희생만 하는 바보다.

40. 내가 잊고 싶은 두려움은

　인간을 영원히 믿지 못함이다.

41. 나의 평생 하고 싶은 일은

　쓰는 일이다. (다른 재능을 발견하지 못해서)

42. 내가 늙으면

　그 전에 죽을 것이다.

43. 때때로 두려운 생각이 나를 휩싸일 때

  공포에 가까울 정도의 패닉이 온다.

44. 내가 없을 때 친구들은

  어쩌면 내 욕을 할지도 모른다.

45. 생생한 어린 시절 기억은

  화장실에 갇혔을 때 아무도 도와주지 않은 것뿐이다.

46. 무엇보다 좋지 않게 여기는 것은

  내 인생 그 자체이다.

47. 나의 성생활은

  언제나 즐겁지 않았다.

48. 내가 어렸을 때 우리 가족은

  내게 무조건적인 희생을 강요했다.

49. 나는 어머니를 좋아했지만

  닮을까 봐 너무 두려웠다.

50. 아버지와 나는

  어른이 되어서야 겨우, 좋지도 나쁘지도 않은 관계를 유지 중이다.

검인	3월 16일 모 요일		날씨	맑음	기온	
체목	숙제	자기 평가	1 2	3 4	5 6	7

숙제

학교에 가면 꼭 알
림장에 숙제가 여러개
칠판에 적혀 있다.
난 매일 손바닥에
회초리가 간다.
숙제들 빨리 하기
위해서 팔이 100개 정
도 있 었으면 좋겠다.

31/12

경진아, 친구들은 부지런히 잘 해오는데
경진이는 왜 그렇게 힘들어 할까?
경진이가 좀 더 부지런해져야 겠어⊙

[손님 맞이하기] "안녕하십니까?"하고 공손히 인사한 후, 오신
목적을 알아 본 다음에 외투나 모자를 걸어 드린다. 신발은 나가
실때 신기 편하도록 앞쪽을 향해 놓고 먼지를 닦아 드린다. 말씀
나누실때는 조용히 하고 돈이나 물건을 사달라고 조르지 않는다. 밖
나가실때는 "안녕히 가십시오."하고 문간 밖까지 나와 인사한다.

검인	3 월 18 일	일 요일	날씨	맑음	기온	
제목	꾸 중		자기 평가	1 2 3 4 5 6 7 8		

오늘 꾸중을 들었다.

속을 튼 반성을 했다.

죄송해요 제가 생

각을 안했나 봐

요.

빠 아무말 없이 썼

다.

공부할 때 장난을

치치 말라는 것을 깨

달았고 열심히, 꾸중

받지 않는 어린이가

되겠습니다.

3/10 결심한 것을 꼭 지키는 결심이가
되세요.

[구집에 놀러 갔을때] 가기전에 부모님의 허락을 받으며, 가는
□□ 돌아올 시간을 반드시 알린다. 친구의 부모님께도 공손히 인
□를 한다. 남의 물건에는 함부로 손대지 말고, 너무 오래 있지
□다. 식사 시간은 피하는 것이 좋고, 돌아올때는 "잘 다녀왔습
□." 하고 인사를 한다.

소호의 각주[1]

소호[2] 소호[3] 소호[4] 소호[5] 소호[6] 소호[7] 소호[8] 소호[9] 소호[10] 소호[11] 소호[12] 소호[13] 소호[14] 소호[15] 소호[16] 소호[17] 소호[18] 소호[19] 소호[20] 소호[21] 소 호[22] 소호[23] 소호[24] 소호[25] 소호[26] 소호[27] 소호[28] 소호[29] 소호[30] 소호[31] 소호[32] 소호[33] 소호[34] 소호[35] 소호[36] 소호[37] 소호[38] 소호[39] 소호[40] 소호[41] 소호[42] 소호[43] 소호[44] 소호[45] 소호[46] 소호[47] 소호[48] 소호[49] 소호[50] 소호[51] 소호[52] 소호[53] 소호[54] 소호[55] 소호[56] 소호[57] 소호[58] 소호[59] 소호[60] 소호[61] 소호[62] 소호[63] 소호[64] 소호[65] 소호[66] 소호[67] 소호[68] 소호[69] 소호[70] 소호[71] 소호[72] 소호[73] 소호[74] 소호[75] 소호[76] 소호[77] 소호[78] 소호[79] 소호[80] 소호[81] 소호[82] 소호[83] 소호[84] 소호[85] 소호[86] 소호[87] 소호[88] 소호[89] 소호[90] 소호[91] 소호[92]

1 '소호'라는 이름을 걸고 할 수 있는 선언서를 여기 적는다. 이 글은 점점 늘어나거나 줄어들 수 있다. 무한 개방 무한 확장 세계관을 가진, 유닛, 로테이션 산문이다.

2 1988년 2월 19일생.

3 한국 여자.

4 '여성'이라는 수식어가 좋은 '여성' 시인.

5 그러나 어디서는 성별의 구분 없이 '그냥 시인'이고 싶은 시인.

6 평생 끈질기게 한 일이 '시' 쓰는 일뿐인 사람.

7 그래서 하는 수 없이 쓰기만 하며 사는 사람.

8 2녀 중에 장녀 혹은 동생의 엄마.

9 어렸을 때 화장실과 엘리베이터에 갇힌 기억으로, 두 장소에만 폐소 공포증이 있음.

10 자잘한 시간을 다 합치면, 총 7번의 연애를 했다.

11 사랑했다고 말할 수 있는 사람은 단 2명.

12 그러나 사랑받았다고 말할 수 있는 사람은 단 1명.

13 법적인 이름을 싫어하지만 누군가에게는 경진이로 불리는 사람.

14 호불호가 확실하여, 겨울과 여름, 짜장면과 짬뽕, 부먹 찍먹과 같은 난제에 고민해 본 적 없는 사람.

15 트위터 탈퇴, 연락처 나누기, 병원 가기, 먼저 연락하여 상처받지 않기, 카카오톡 배너 알림 끄기, 쇼핑 없이 행복 찾기에 모두 실패한 사람.

16 일 년에 한 달은 텍스트 디톡스를 핑계로 꼭 외국에 있는 사람.

17 혼자 있어도 전혀 지루하지 않은 도시를 좋아하는 사람.

18 산보다 바다를 좋아하는 사람.

19 그러나 바닷가에 좋은 기억은 하나도 없는 사람.

20 언어를 다루나 언어가 통하지 않는 곳에 가서 사는 것이 꿈인 사람.

21 드러낼 수 없으면 애초에 시작조차 하지 않는 사람.

22 그래서 이 산문집을 쓰고 엮으며 내내 후회하고 있다.

23 나는 도대체 어디까지 솔직해도 되는 걸까.

24 아직은 짧은 삶, 그럼에도 자신 있게 말할 수 있다. 나는 십 대가, 인생 중 가장 어둡고 불행했다.

25 '나의 유년 시절'이라는 말을 혐오한다. 그 어떤 미화도 거부한다.

26 영화 〈포레스트 검프〉에서 인생은 초콜릿 상자 같은 거라고, 어떤 초콜릿이 들어 있을지 모르기에 가끔 쓴맛을 보는 거라고 그러던데, 어처구니없게도 내 십 대는 꽝이었다. 꽝 손으로 온통 쓴 초콜릿만을 골라서 까먹었다.

27 '십 대는 밝고 즐거워야 한다.' '꿈꾸어야 한다.'고 가스라이팅당했다.

28 "어두울 수도 있고, 꿈꿀 게 없을 수도 있지 않나?"고 말했더니 처음 보는 사람들에게 훈계를 들었다.

29 괴로울 때는 신께 빌었다. 이 고통의 수렁에서 믿을 건 신밖에 없다고 생각했다.

30 그러나 신은 나를 외면하셨다. 하나님께서 분명 모두를 사랑하신댔는데, 지금 보니 나는 별로 좋아하시는 것 같지 않다.

31 그래도 나는 이해한다. 인간도 신을 용서할 줄 안다. 마지막에 천국만 보내 주시기만 한다면 그것으로 이 고통은 충분히 퉁칠 수 있다.

32 나는 이 글을 나와 같은 분노로 가득 찬 또 다른 '나'를 떠올리며 적는다.

33 '너희는 존재 자체로 빛나'를 견디니 '아프니까 청춘이다'가 나타났다. 젠장. 이젠 또 뭐라고 위로할까, 진짜 하나같이 말 같지도 않은 위로던데. '괜찮지 않은데 괜찮은 척했다'며.

34 애초에 상처를 주지 않았으면 될 일.

35 소원을 쌓아 두는 작은 우체통 모양의 열쇠고리가 있다. 종이에 편지를 써서 넣을 수 있도록 된 것으로 내가 어린 시절에 유행하던 것이다. 나는 이 열쇠고리를 아직도 소중하게 간직하고 있으나 이십 대가 되고 나서는 단 한 번도 개봉한 적 없다.

36 오늘 용기 내어 개봉해 본 우체통 소원 목록은 다음과 같다 '언제나 영원히 평생 친구들이랑 안 싸우고 사이좋게 지냈으면 좋겠다.' '공부 잘해서 미국 가게 해 주세요' '글 쓰는 사람이 되게 해 주세요. 작사가, 신춘문예 당선, 라디오, 드라마 작가' '수능 대박 나서 문창과 가게 해주세요... 서울예대.' '사랑할 수 있게 해 주세요.'와 같은 사소하지만 굉장히 절박한 낙서였다.

37 삼십 대가 되어 십 대에 빈 소원 중 이루어진 것을 살펴보니 조금 재미있다. '친구들과 싸우지 않는 일'은 이제 분노할 힘도 없고 싸움 성립 자체가 안 돼서 어렵고, '공부는 잘하지 못했지만' 미국은 갔다. 그리고 여러 직업을 거론하며 '글 쓰는 사람'이 되게 해 달라고 빌었지만 저 수많은 직업 중

에 유일하게 없는 시인이 되었다. 다행히 수능은 쪽박 찼지만 '서울예대 문창과'는 갔다. 아 그리고 '사랑할 수 있게 해 주세요'라는 소원은 내가 너무 모호하게 적었던 탓이 크다고 생각한다. 절반이라도 들어주시게 만들려면 '나와' '그가' '서로' 혹은 '우리가 서로'라는 말을 꼭 붙였어야 했는데.

38 신은 역시 인간을 만드신 게 틀림이 없다. 행여나 내가 경거망동할까 염려하여 아슬아슬하게 절반의 소원만 들어주신다는 것이 방금 통계학적으로 밝혀졌다.

39 다시 소원을 써야겠다. 이번에는 구체적으로 지금 쓰는 이 책에 대해서 쓰고, 짝사랑하는 남자 이름도 적고.

40 놀라운 것은 방금 개봉한 우체통에서 동생의 쪽지를 발견했다. 십 년은 더 묵은 학 종이에 쓴 글 같다. '언니! 앞으로는 패지 말고, 동생 마음에 상처 주지 말고, 우리 친하게 지내자. 엄마와 이모처럼' - 시진-

41 미리 열어 봤다면 좋았을 텐데. 그럼 너도 힘들었다는 것을 알고 각자 우는 게 아니라 우리 함께 울었을 텐데.

42 나는 늘 내가 혼자라고 철석같이 믿었기에 진지한 자살 시도를 약 세 번 해 보았다.

43 다행히 사고로 이어지지 않았다. 그래서 나는 지금 이 글을 쓸 수 있다.

44 나는 디스토피아에 살고 있다. 구원 서사를 좋아한다. 지금도 그 단 한 명의 구원자를 기다리고 있다.

45 수동적이라고 욕하지 않으면 좋겠다. 나는 살면서 언제나 능동적이었고 적극적이었다. 이 상태를 부르는 이름을 선포한다. 바로 '포기'다.

⁴⁶ 가족 중 그 누구도 닮지 않기를 바라는 나는,

⁴⁷ 이유 없이 자주 운다.

⁴⁸ 그러나 사실 이유 없는 울음은 없다. 핑계일 뿐. 들키고 싶지 않거나, 말하고 싶지 않을 뿐.

⁴⁹ 유일한 향락은 쇼핑.

⁵⁰ 취미는 혼잣말.

⁵¹ 특기는 피해자 서사의 주인공으로 미화하여 나대기.

⁵² 어릴 때부터 웃음소리가 경박하고 목소리가 크다는 말을 아버지께 자주 들었다.

⁵³ 애초에 나는 비호감이니까 조용히 아무것도 하지 말라는 말을 듣고 자랐다.

⁵⁴ 단 한 번도 나대지 않다가, 상사가 시키는 일을 했는데, 더 높은 분이 내게 다가와서 "너는 있는 듯 없는 듯 있으란 말이야."라고 소리쳤다.

⁵⁵ 평소에는 몸을 숨기고 있다가 일이 생기면 나타나 일 처리를 하고 다시 그림자처럼 사라져야만 하는 것까지가 나의 일임을 알게 된 나는,

⁵⁶ '말'보다는 '행동'하는 법을 먼저 배웠다.

⁵⁷ '말'은 언젠가 꼭 비수가 되어 되돌아오기 때문에.

⁵⁸ 그래서 말 대신 쓰기에 집중하기로 한다. 쓰는 일은 행동의 범주에 속한다.

⁵⁹ 늘 실험하고 문학의 경계는 어디인지 고민해 본다.

⁶⁰ 지금 이 글을 보여 주었더니 너는 형편없다 말했고, 나는 과감한 도전

이라고 받아쳤다.

61 역시 애초에 모두에게 사랑받기란 불가능하다.

62 사람 사이에 비밀을 나누는 것은 타인과 가장 쉽게 친해지는 방법이지만,

63 비밀은 나중에 내 약점이 될 거라고 배웠다.

64 이 글을 읽는 독자만 비밀을 지켜 준다면 나는 다음 책에서 더한 것도 이야기할 수 있다.

65 애들아 책 속에는 이렇게 재미있는 게 많은데, 너희는 왜 읽지 않아?

66 이 책 속에는 88년생의 망한 누나가 사는데 태어남과 동시에 불행이 이미 생활이야. 어때? 흥미롭지?

67 어디까지 무너질 수 있는지 똑똑히 보여 줄게 내가.

68 과거의 시제로부터 나는 나를 다시 재구성한다.

69 입술은 하나 립스틱은 40개.

70 이번 달 카드값은 백 원 더하기 백 원 더해서 야금야금 백만 원 빚잔치.

71 요즘 애들은 참 빨리도 자란다니까. 추억팔이는 꼰대의 지름길.

72 약물 부작용으로 인해 하루 중, 비 일정 시간 동안 블랙아웃.

73 커트, 커트, 커트, 블랙 레이어를 덮고, 다시 프레임 아웃.

74 밤이 왔습니다. 눈을 뜨고 마피아는 서로를 확인해 주세요. 어때요? 나는 아직 여기 있나요?

75 사이에 내가 선량한 시민 두 명에게 전화를 걸어 진상을 부렸다.

76 경찰은 그동안 뭘 한 거야? 날 잡아가지 않고!

⁷⁷ 경찰청 쇠창살은 쌍 철창살이고, 아무리 성인으로 자라도 여전히 나는 기다리는 일에 미숙하다.

⁷⁸ 내가 네게 천천히 기다린다고 말했다. 그랬더니 너는 그건 '폭력'이라고 했다고 말했다.

⁷⁹ 오늘부로 나의 이상형은 거짓말을 잘하는 사람.

⁸⁰ 들키지만 않는다면 거짓말은 언제나 진실이 될 수 있다고 생각하기 때문에.

⁸¹ 지금 여기 내가 띄워 둔 빈칸에 너는 무엇을 쓸 수 있을까.

⁸² 읽었나?   바로 이거.

⁸³ 무서웠지? 원래 침묵이 가장 무서운 법이거든.

⁸⁴ 쓸데없이 너무 솔직했었다. 그럴 필요가 있었을까?

⁸⁵ 적당한 거리를 유지하기만 하면 된다면 세상은 그 어떤 갈등도 사라질 것이다.

⁸⁶ 너무 가까워지고 싶거나 너무 멀어지고 싶거나 하면 문제가 생긴다.

⁸⁷ 하지만 위말과 다른 의미로 독자분들은 나와 가까워지고 싶어 한다. 내가 솔직해서 좋아하는 유일한 사람들이다.

⁸⁸ 아무리 자전적 글을 쓴다고 하더라도 결국 내가 문학하는 방법은 내가 나를 고갈시키면서 쓰는 것이다. 마치 망망대해의 뗏목에서 바닷물을 마시면 죽는다는 것을 알면서도, 알고 마시는 것과 다름이 없는.

⁸⁹ 이렇게 짧은 생을 살다 죽는 것은 여러모로 한국문학의 손실이다.

⁹⁰ 독자분들과 나의 건강을 위해서라도 쓰는 방법을 바꾸기로 하겠다.

91 이제부터 진정한 나만의 시 장르를 선포하기로 한다. 제목은 서정. 내용은 창백한 푸른 별 지구를 생각하는 뉴 제너레이션, 제로 웨이스트, 내추럴, 에코, BPA 프리, 오가닉 텍스트에. 플로우는 랩 몽둥이로 후려패서 귀에 때려 박는 어반 뉴 웨이브 포엠. 당신도 모르는 사이에 중독될 것이다. 여전히 맵고 읽고 서서히 아파서 엉엉 울게 될 것이다.

92 저도 쓰면서 아파요. 그런데 쓰지 않으면 더 아파서 자꾸 써요.

검인	4월 23일 ○요일		날씨	맑음 구름	기온	

제목	일기쓰 기갈 동시	자기평가	1	2	3	4	5	6	7	8

오늘 일기가 쓰기 실
었다.

졸음만 왔다 쓰기가
실어서 깐단한 것만
썼다.

4/24

3부

검인		11월 16일 목요일		날씨				기온		
제목	나와		자기평가	1	2	3	4	5	6	7 8

난 그림을 못 그리는지
모르겠다.
또 공부도 와 못하
는지 모르겠다.
난 왜 못하는게
은지 모르겠다.
난 못하는게이말다. 왜그
런지내 모르께다.
난 못하는게 많다
공부도 못한다.
몰라고 못하는거여러
가지다.

[교실 복도에서] 공부하는 사람에게 방해가 되지 않게 발 꿈치를 들고 조용히 걷는다. 실내에서 뛰거나 떠들지 않으며, 물건을 던지는 일은 절대로 삼가한다. 신발은 신발장에 넣고, 실내화로 갈아 신는다. 복도에 떨어진 휴지조각은 눈에 띄는 대로 줍는 깨끗한 마음씨를 갖자. 유리창 밖으로 침을 뱉거나 껌을 버리는 일은 착한 사람이 하는 행동이 아니다. 어느 곳에 있거나 차분하고 알뜰한 어린이가 되도록 힘 쓴다면 우리도 장차 일등 국민이 될 수 있다.

	월	일	요일	날씨				기온			
				자기평가	1	2	3	4	5	6	7	8

잘 하는게 많았으면......

7 "/_?

그랑 하면 위든지 잘 할 것
같아요
경히이가 노래를 열심히
불러서 노래를 잘 부르게
될 것처럼

그 도시를 기억하는 법[12]

나는 너무나 잘못되어서 후회만 남을 수도 있는
그런 이야기를, 해 보고 싶었다

하얏트 온 더 번드 호텔의 바는 상하이에서 가
장 풍경이 좋은 곳이다. 푸둥이라고 불리는 왼쪽과 와이
탄이라고 불리는 오른쪽 지역이 한눈에 보이는 창을 가
진 곳이었다. 술을 마시면 나아질 것 같았던 우리는 아
까보다 더 말이 없어진 채로 상하이의 스카이라인을 보
았다. 풍경 때문인지, 여기가 한국이 아니기 때문인지,
각자 해야만 했던 말 때문인지는 알 수 없었다. 하지만
분명한 사실은 우리는 지금 한국에 있지 않으므로 '한국
어'라는 가장 내밀한 둘만의 언어로 깊은 대화를 할 수

---

[1] 갤러리라메르 〈그 도시를 기억하는 법〉 전시회 제목 차용.
[2] 그 날, 그 순간의 리얼리티를 살리기 위해, 텍스트 사이에 내가 느낀 고민의 깊이와 어
색한 공기와 침묵의 무게만큼의 자리를 비워 두기로 한다. 그러니 혹여 읽으며 가독성에
불편함을 느끼실 독자분들께 미리 양해를 구한다.

도 있었지만, 침묵을 지킴으로써 충분히, 각자 무엇인가를 후회하고 있다는 점이 더욱 분명해졌다. 그러니까 한국을 떠나면 조금은 다르게 쓰일 줄 알았던 우리의 이야기는 조금 서툴고 모난 문장을 끝으로 마침표를 찍고 있었다. 나는 네가 적은 결말에 예민하게 감각했다. 쓸데없는 말들로 가득 채운 안부나 주고받다가 잠시 고개를 숙인 너를 보았다. 관계를 용맹하게 끊어 내는 너를, 나는 그대로 둔다. 그냥 이 풍경에 어울리는 등장인물에, 정말 잘 어울리는 끝맺음이라고 생각했다. 상하이는 알면 알수록 신기한 도시다. 오른쪽은 과거에 머물러 있고 왼쪽은 근미래를 닮았다. 마치 우리처럼. 라운지 바 창문의 시야가 너무 넓어서 다리 사이가 훤히 보이는 듯했다. 그러나 사이를 잇는 그 다리들은 분명하게 보이지 않았다. 날이 맑았으면 더 좋았겠다고 말하고 우리는 다시 입을 다물었다. 애초에 말이란, 침묵하면 침묵할수록 선명해지는 것이다. 우리는 사실상 그 말을 나누었고, 그 말끝에 뱉어야만 하는 거짓말을 했다. "네가 상하이에 살지 않는 걸 알았다면 난 상하이에 오지 않았을 거야. 네가 그렇게 멀리 사는 줄 몰랐어." 내가 말하자 그는 "우리도 서울이라고 말해야 알지. 주변 근교는 말해도 어차피 다른 사람들은 모르잖아."라고 말했다. 잠시 우리 사이에 다리 같은 침묵이 흘렀다. 과거에 들러붙은 나와 조금 더 먼 미래의 너를, 나는 보았다.

　　'우리는 왜 안 돼?' 나는 서울에서도 술에 취하면 늘 그에게 따지듯 물었던 것이 퍼뜩 떠올랐다. 생각해 보면 그때도 지금과 다르지 않았다. 우리가 되지 않는 이유는 되어야 할 이유보다 늘 먼저였다. 물론 진실은 단 하나였다. 모든 것을 던져 연애할 만큼 네가 나를 좋아하지 않는다는 것이었겠지만, 나는 알면서도 매번 캐물었고 그는 늘 내게 웃으면서 말했다. "우리는 절대 이뤄질 수 없어."라고. 그는 상하이에서도 한결같았다. 흔들림 없이 확고했다. 다른 나라에서, 우리만 비밀을 지킨다면, 오늘부터 단 며칠만이라도 아무도 보거나 듣지 않기 때문에 엉망진창의 무엇이라도 될 줄 알았는데, 너는 결코 틈을 주지 않았다. 한참 뒤에 내가 무언가 말하려 하자, 그는 조금 취했다며 마지막 기차를 예매했다. 나를 홀로 바에 남겨 두고 남은 여행 잘 하라는 말을 남겼다. 나는 너의 뒤통수에 대고 "널 보러 상하이에 온 게 절대로 아니야."라고 거짓말했다. 그는 잠시 머뭇거리다 "그래." 하고 아주 빠르게 속아 주었다. 그것이 우리가 남자와 여자로 했던 마지막 대화였다. 네 말대로 너는 말해도 알 수 없는 근교로 다시 떠났고, 나는 잔뜩

취한 채로 방으로 올라가 홀로 드넓은 침대에 누워 생각했다. '중국은 연인이 우산을 같이 쓰면 망한다던데 그 때문은 아니었을까?'[3] 한참이 지난 뒤에야 나는 미신을 탓하는 대신, 온몸으로 받아들였다. 오늘 나는 쉴 새 없이 네 눈치를 봤다. 눈치는 부정확한 몸짓을 낳았고, 노력하면 할수록 어색하며 어울리지 않았다. 그러니까 나는 너에게 너무나 잘 보이고 싶어서, 틈틈이 침묵 속에서 떨었고, 어쩌면 너는 내 침묵을 잘 읽은 게 아니었을까, 생각했다. 침묵을 읽을 줄 아는 사람은 미래를 가장 빨리 포착하는 사람이다. 그래서 나는 네 말대로 잠시나마 멀리 있는 우리를 생각했다. 네 말처럼 가까이 있는 우리보다는 훨씬 평온하다. 그러나 나는 아무리 생각해도 그것이 내가 원하는 것인지는 알 수 없었다. 아무리 생각해도 네가 그린 그림이 얼마나 멀고 거대한 것인지 알 수 없었다. 나는 앞만 보니까. 오늘만 생각하고, 사랑하니까. 오늘만을 판단하니까. 오늘 나는 네가 좋았기 때문에 네가 살지도 않는 상하이에 왔다. 내가 오늘만 보았기 때문에 우리는 만난 것이다. 그러나 너는 조금 더 멀리 있는 우리를 본다. 네 말처럼 우리 관계는 친

---

[3] 장대비가 쏟아져도 중국의 연인들은 함께 우산을 쓰지 않는다. 발음처럼, 우산의 산(우)이 헤어짐의 산(散)이 될 거라고 믿기 때문이다.

구가 조금 더 어울리며, 만나 봤자 뻔한 결말이었을 것이다. 문제는, 나는 그 길을 알면서도 걸었을 거란 거고, 그 길을 조금 더 멀리 볼 줄 알았던 너에게 나는, 불행히도 오늘에만 어울리는 사람이었다.

'그래서 말인데, 내가 상하이에 머문 3박 4일만이라도, 아니 단 하루만이라도 우리가 만났다면 조금은 달라졌을까?'

나는 그 생각을 멈추지 못했다. 그것은 여행 내내 자주 원망으로 변했다. 당신은 내 곁에 있으나 내가 영원히 가지지 못할 사람이었다. 분명한 경계선을 언제든 넘을 준비가 되어 있는 나와 경계선을 절대로 넘지 않을 네가 함께 있는 바로 지금, 너는 그렇게 말하는 것 같았다.

"그런데 진짜로 여긴 왜 온 거야?"

"그냥 생각할 게 너무 많아서."

네가 없는, 상하이에서의 마지막 날이 되었다.

나는 폐허가 된 다리를 미술관으로 쓰는 곳과, 제2차 대전 때 항공 격납고였던 곳을 리모델링하여 쓰는 미술관에 갔다. 거기서 올라푸르 엘리아손과 알베르토 자코메티 개인전을 보았다. 천둥번개가 요란히 내리치는 시간을 지나 줄곧 앙상한 사람을 보았다. 하루 만에 나는 두 개의 세계를 다녀왔다. 여러 계절을 넘나들다 이윽고 자코메티의 작품이 되었던 여러 사람을 보면서, 이 사람은 평생 사랑만 했구나, 부인만 빼고. 그런 생각을 했다. 정말 많은 사람이 그의 작품이 되어서 나를 마주 보고 있었다. 이 사람들의 이름은 아무도 기억하지 못하고 자코메티라는 이름만 남은 걸로 봐서는 그냥 이것은 결국 자코메티의 또 다른 얼굴들이 아닐까 그런 생각을 했다.

자코메티의 여러 얼굴이 지겨워질 때쯤 나는 미술관의 어느 방으로 들어갔다. 방은 자칫 잘못하면 스쳐서 있는 줄도 모를 것 같은 한구석에 있었다. 들어가기 전에는 벽이 하나 있고 분홍색 불빛을 받으며 홀로 서 있는 나무가 있었다. 방 안에는 작은 벤치와 무대 위 배우들이 나란히 앉은 흑백 영상이 있었다. 그러니까, 무대의 배우들은 그 방에서 영상으로 남겨져 끊임없이 누군가를 기다리고 있었다. 나는 중국어나 영어를 제대로 할 줄 몰랐지만 그 기다림을 보고 그게 사뮈엘 베케트의 〈고도를 기다리며〉라는 것을 알아챘고, 홀로 선 나무가 무대의 유일한 소품이라는 것을 알았다. 그들은 영원히 꺼지지 않는 텔레비전 안에서 알 수 없는 말을 하면서 고도를 기다리는 일을 멈추지 않았다. 그리고 끝끝내 고도가 무엇인지는 알려 주지 않았다. 나는 잠시 방에서 배우들과 함께 가만히 고도를 기다리다 이내 앙상한 나뭇가지 근처로 갔다. 두 친구가 함께 손이 닿는 대로 만든 작품을 보며, 어쩐지 서글픈 기분이 들었다. 아무런 말도 통하지 않는 곳에 떨어져 나는 오늘 이성도, 친구도 잃었다. 결국 네 말이 맞았다. 우리는 안 되는 것이었다. 언제든 깨질 수 있는 모음인 우리는 영원히 불완전하다. 완전한 '너'와 '내'가 있을 뿐, '우리'라는 말은 우리에게 어울리지 않는다. 그러니까 우리 앞에 우리를 붙이려면 '완벽한 타인'을 전제로 있을 뿐이었다.

다만, 네가 어제 지은 결말과 조금 다른 점은 지금 여기서부터 시작된다.

"고도는 언제 오는 걸까?"

"고도는 영원히 오지 않지. 고도는 기다리는 자만 있을 뿐이지. 고도는 영원히 오지 않았기 때문에 명작이 된 거야. 이유도, 설명도 없이. 고도는 기다림의 대상일 뿐이잖아. 그래서 고도는 누구나 될 수 있어."

"모두가 좋아할 만한 인물이네. 여지가 풍부하니까."

한참이 지나서야 나는 나무를 가로질러 서 있는 완전한 우리를 발견했다. 앙상한 뼈대 사이에서 버티고 있는 적당한 거리와 흰 벽. 그리고 멀리서 봤을 때 조금 더 거대하고 빛나고 아름다운 조각들. 먼 미래에 작품으로 남을 우리의 이름들. 그래 우리는 이만큼이 딱 좋겠다. 그렇게 생각했다. 인정하고 싶지 않지만 너는 옳았다.

하지만 나는 다른 것이 아닌 틀린 이야기를 해 보고 싶었다. 비 내리는 미술관에 우산을 쓰고 쭈그리고 앉아서 생각했던 것을 생각한다. 인공적으로 만들어 낸 무지개를 보면서 생각했다. 나는 너무나 잘못되어서 후회만 남을 수도 있는 그런 이야기를, 해 보고 싶었다. 이것은 내가 겪은 실패에 대한 이야기다. 예술가라면 모두가 좋아할 만한 이야기. 나는 주인공의 특권으로 슬픔은 모두 건너뛰고 '어쩌면'의 세계로 점철된, 거짓말이라서 영영 넘어갈 수 없는 이 페이지에 머물고자 한다. 나는 물끄러미 휴대 전화를 바라본다. 기다린다.

　　　내가 집으로 가는 바로 그날까지도 너는 끝끝내 연락하지 않았다. 그것이 그 어떤 대답보다 확고한 대답 같았다. 그런데도 나는 큰길을 따라 저 멀리 강을 건너며 메시지 창에 이렇게 적었다. '안녕. 난 오늘 한국에 돌아가. 그리고 말이야. 여전히 고도를 기다려. 무대 위의 바보들처럼 말이야.' 나는 메시지를 보내지 않았다. 쓰고, 쓰지 않음으로써 우리는 그렇게 되었다. 그러나 나는 여전히 공항에 앉아 있다. 애초에 잘못되어 남겨진 이것이, 너와 다르게 내가 기억하는 우리의 마지막 결말이다.

세상의 끝에서 우리는

공항에 가자마자 입고 있던 옷을 벗었다.
또다시 여름이 될 것을 알고 있었기 때문이다.

"1997년 1월, 마침내 세상 끝에 도달했다. 남미
대륙 제일 끝에 마지막 등대를 지나면 남극이다. 갑자기
집이 그립다. 집과는 아주 먼 곳이지만 마음만은 아주 가
까이에 있다. 아휘의 슬픈 일을 여기에다 놓고 가 주기로
약속했는데, 그가 무슨 말을 했는지 알아들을 수가 없다.
녹음기가 고장인지 아무 소리도 들리지 않는다. 울음소
리 같은 이상한 소리만 날 뿐."[1]

우리는 어쩌다 이곳에 왔을까?

---

[1] 영화 〈해피 투게더〉(1997, 왕가위). 아르헨티나를 배경으로 한다.

시진이와 나는 밤마다 와인을 마셨다. 처음에는 무엇을 마셔야 할지 몰라서 마트에서 라벨 디자인만 보고 고르던 것도 차츰 취향이 생기고, '달다'라는 단어도 배우고 그다음에는 '조금 덜 단 것'이라는 단어도 깨치게 되었다. 그렇게 우리는 살기 위해 스페인어 단어를 익혔고 아이러니하게도 깨치면 깨칠수록 우리 사이의 말은 조금씩 줄어들었다. 옛날에 어른들이 했던 말들이 기억났다. 친한 친구랑은 여행 갈 때 아주 조심해야 한다는 말. 가족이자 가장 친한 친구인 우리는 한배에서 태어났는데 너무 달랐다. 일어나는 시간과 준비하는 시간, 보고 싶은 것과 하고 싶은 것이 전부 어긋났다. 물론 남미 치안이 위험해서 단둘이 바들바들 떨며 이겨 내야 했던 시간도 있었지만, 그 외에는 사사건건 꼴 보기 싫었다. 그래서 우리는 오늘의 기분을 떨치기 위해 와인을 마셨다. 서로 맞춰 가야 하는 거라고, 너와 내가 이렇게 다른 줄 몰랐다고, 오늘도 너에 대해서 배우고 있다고. 그런 말들을 나누었다. 그러나 말은 길어지면 길어질수록 좋지 않은 결말을 불러왔다. 취한 동생은 어렸을 때 내가 저질렀던 잘못을 읊었고, 나는 도통 기억도 나지 않는 문제에 대해 잘못을 빌어야만 하루가 끝났다. 내가 그렇게 상처를 줬다는 것이 믿을 수 없었지만, 인간은 모든 것을 유리하게 기억하니까, 그 기억이 개뻥일 수도 있을 거라고 생각했다. 그래서였을까. 동생은 늘 울분에 차 있었고 나는 늘 억울했다. 그러니까 우리는 술을 마시지 않고는 편히 잠들 수 없었다. 화해를 위해 술을 마시고 다시 그 때문에 싸우고 다시 화해하는 악순환을 밤마다 겪었다. 골 깊은 싸움 앞에서 아름다운 풍경은 전혀 소용없었다. 소통은 언제나 또 다른 싸움의 씨앗이 되었다. 그러면서도 '여기는 위험하니까 우리 서로 손을 잡고 이 길을 건너자' '믿을 것은 우리 둘뿐이야. 절대로 떨어져서는 안 돼' '네가 무슨 일을 당하면 날 구하려고 하지 마. 둘 중 하나는 살아서 이 상황을 꼭 한국에 전하자' 그런 말을 했다. 낮에는 의지하고 밤에는 무섭게 서로를 탓하는 그런 괴상한 날들을 무려 한 달간 반복했다. 귀국까지 남은 날을 거꾸로 세며, 치안이 안전했다면 벌써 헤어지고도 남았을 우리에게 여행은 더 이상 여행이 아니었다. 지구 반대에서 더 오래 버티는 놈이 이기는, 또 다른 싸움에 불과했다.

아마 그날도 여느 날과 같이 거세게 다툰 날이었다. 무슨 이유였는지는 기억나지 않는다. 여행은 중반쯤이었고 사사건건 우리는 서로의 행동 하나하나를 시비로 받아들였다. 새벽 3시에 출발하는 '우수아이아'행 버스에 타기 위해 우리는 밤 11시부터 터미널에 단둘이, 덩그러니 앉아 있었다. 그때 긴 침묵을 깨고 동생이 물었다.

"우수아이아에 가는 버스는 왜 새벽 세 시 출발이 전부야?"

"몰라. 국경을 두 번 넘어야 한다던데?"

"지금 여기도 아르헨티나고 거기도 아르헨티나인데 왜 국경을 두 번 넘어?"

"우수아이아에 가는 도로는 칠레에 있으니까."

"꼭 가야 하는 거야?"

나는 남미 여행 루트를 짜던 과거를 떠올렸다. 동생은 동의하지 않았지만 나는 꼭 우수아이아에 가고 싶었다. 이유는 '세상의 끝'이라는 타이틀, 단지 그것 하나였다. 내가 우수아이아에 대해 알고 있는 것은 일 년 내내 가을과 겨울 사이쯤의 계절이라는 것, 영화 〈해피 투게더〉의 등대가 있는 곳, 그리고 그것 말고는 아무것도 없다는 사실뿐이었다.

"지금이 아니면 우리가 언제 세상의 끝에 가 보

겠어.”

내가 말하자 동생은 한참 생각하다 답했다.

“그렇네. 지금이 아니면 안 되는 거네.”

우리는 새벽 3시가 되어 우수아이아행 버스에 몸을 실었다. 버스는 밤을 두 번이나 쥤고 중간에 내려 배를 타고 머나먼 길을 갔다. 밤이 되어서야 우리는 우수아이아에 도착했다. 밤이라고 믿어지지 않을 정도로 밝았다. 백야였다. 우박이 비처럼 내리던 세상의 끝이었다. 우리는 반지하의 낡은 이층 침대를 각각 썼다. 서로 다른 침대의 이 층에 짐을 풀며 동생이 말했다.

“생각해 봤는데, 너는 맨날 너 하고 싶은 대로만 하는 것 같아.”
“뭐가 문젠데?”
“여기도 네가 오자고 해서 왔잖아.”
“너도 아까 동의했잖아.”
“와 봤는데, 진짜 별것도 없고 죽도록 고생만 하잖아, 우리.”

"그럼 그 전에 다른 데 가고 싶다고 의견을 냈어야지."

"평소에 의견을 낼 기회나 줬어? 네가?"

동생의 말을 끝으로 나는 더 이상 말하고 싶지 않았다. 어째서인지 우리 자매의 인내심은 점점 짧아졌고, 입을 뗀다는 것은 곧 싸움의 시작이었다. 호스텔 바닥에는 모서리가 해진 가방이 시무룩하게 입을 벌리고 있었다. 나는 가방 문을 열었다. 숨소리보다 지퍼 소리가 더 컸다. 덜 마른 속옷을 꺼내 침대에 널었다. 찌그러진 가슴과 쭈글쭈글한 엉덩이 모양이 그대로 침대 위에 얹혔다. 우리가 입을 꾹 닫고 젖은 몸을 말리는 동안에도 여전히 밤이 오지 않았다. 남극에 가까워질수록 조금 더 길어지는 밤. 우리는 그 밤의 자락에서 젖은 몸을 말리고 있었다. 방은 우울했다. '우수아이아'를 닮았다. 따스한 햇볕도 없고, 비나 우박이 시도 때도 없이 내리는 그런. 우리가 침묵하는 사이에 같은 방을 쓰는 외국인들이 로비에서 파티가 있다며 나갔다. 나는 옅게 깜빡거리는 백열등 아래서 샤워를 마치고 수건에 머리를 탈탈 털었다. 동생의 어깨에 물방울이 조금 튀었다. "아, 씨." 짧은 탄성. 나는 입을 뗴기만을 기다렸던 것 같았다. "너 방금 나한테 욕했어?" 나는 있는 힘껏 동생의 어깨를 주먹으로 쳤다. 기다렸던 싸움이 시작되었다. 그날은 백야였다. 지루하게도 밤이 오지 않는 더러운 '세상의 끝'이었다. 때문에 내 머리에서 물방울이 후두두 떨어지고 동생의 입에서도 욕이 한 바가지 후두두 떨어지던. 위층의 외국인들이 잔을 부딪치며 하하 호호 우리 둘의 소란을 덮은 틈을 타 나는 동생의 머리통을 손바닥으로 내리쳤다. 머리를 맞은 동생이 다시 내 머리채를 휘어잡았다. "너 같은 년이랑 여행을 오는 게 아니었어. 여긴 집에서 너무 멀어서 돌아갈 수도 없는데 왜 자꾸 돌아가라고 해? 집에 가고 싶으면 너나 가." 동생은 다시 내 머리를 향해 발버둥 쳤다. 나는 주먹을 뻗었지만, 털끝 하나 닿지 않았다. 나는 이층 침대에서 흠씬 두들겨 맞고 있었다. 맞다가, 맞다가 피할 요령으로 이층 침대에서 몸을 던졌다. "나만 떨어질 수 없어. 개 같은 년." 나는 일 층에서 동생의 머리채를 휘어잡았다. 동생을 떨어뜨렸다. 동생은 이층 침대에서 머리부터 떨어졌다. 둘 다 이 층에서 꼬꾸라지고 나서야 눈을 맞췄다. 그때 우리의 소란을 들은 외국인들이 잠시 우리 방에 들러 물었다. "¿Está usted bien?"[2] 우

<hr>

[2] 괜찮아요?

리는 스페인어를 할 줄 몰랐다. 하지만 눈치껏 알아듣고 답했다. 듣고 나서야, 스페인어를 배우며 부정어는 배운 적이 없다는 사실을 깨달았다. '아프다' '힘들다' '별로' 이런 말은 할 줄 몰랐다. 대답을 망설이자 그가 다시 물었다. "bien?" "Muy bien." 괜찮다는 말을 들은 그들은 우리에게 엄지를 치켜들고는 다시 위로 올라갔다. 무거운 침묵과 동생과 나, 셋만 남았다. 이 층에는 아무도 눕지 않았다. 세상의 끝에서 외국인들은 파티가 한창이었다. 우리는 거세게 등을 돌려 누웠다.

"내일은 일찍 일어나야 해."
"나도 아니까 말 걸지 마."

창밖에, 눈 대신 밤이 오고 있었다.

어제가 정말로 먼 과거였던 것처럼, 나와 동생은 일찍 일어나 마치 아무 일도 없었다는 듯이 서로의 손을 꼭 잡고 관광 센터에 갔다. 거기서 세상의 끝에 왔다는 기념 도장을 찍었다. 갑자기 추워진 날씨 탓에 가진 옷을 모두 걸치고서 도착한 항구에는 이미 수많은 사람이 나와 있었다. 잿빛 하늘 아래 끼룩끼룩 우는 갈매기를 머리 위에 두고 우리는 우수아이아 최남단을 향해 배를 탔다.

배에서 제공하는 따뜻한 마테차와 쿠키를 먹으며 몸을 녹였다. 바다 비린내가 나자 선상에 나와 있던 사람들은 얼굴을 찡그렸다. 나는 온몸으로 매서운 바람을 맞았다. 그 바람의 끝에 외로운 바위섬과, 섬과, 섬과, 섬이 놓여 있었고 그 위에는 바다사자들이 누워 울부짖고 있었다. 바다사자들은 자기들끼리 몸을 꼬고 부둥켜안고 울고 있었다. 바다사자의 울음소리를 뚫고 바다는 내내 섬을 향해 몸을 던졌다. 우리가 떠오른다. 망망대해의 바다사자처럼 서로를 의지할 수밖에 없는 우리.

"넌 어디서 왔니?" 여행하는 내내 듣는 질문이다. 이름보다 먼저 묻는 말. 하지만 우수아이아에서는 단 한 번도 들어 보지 못한 질문이다. 이상하게도 우수아이아에서는 우리가 어디에서 왔는지 아무도 궁금해하지 않았다. 모두가 함께 온 사람들끼리만 안고, 말하고, 웃고 있을 뿐이었다. 각자의 세계에서 우리는 모두가 뒤엉킨 바다사자이자 작은 섬이었다.

나는 동생에게 물었다.

"우리는 왜 여기에 온 것일까?"

"언니 때문이지. 언니가 오자고 했잖아."

"이런 곳이었다면 애초에 오지 않았을 텐데."

"그러게 말이야."

"여긴 너무 우울해."

"응, 여긴 너무 외로워."

우리는 배 안으로 들어가 다시 남은 차를 마셨다. 이내 안내 방송이 흘러나오고 배 안의 사람들은 다시 선상으로 올라갔다. 가이드는 큰 소리로 말했다. "이것이 바로 세상의 끝, 대륙의 마지막 등대예요." 그리고 나는 어떤 장면을 떠올렸다. 나를 이곳에 오게 한 영화 〈해피 투게더〉를 생각했다. 사람들의 셔터 소리가 들렸다. 폐쇄되어 관광지가 된 마지막 등대. 악마의 목구멍으로 돌진해 나가는 우리 두 사람. 〈해피 투게더〉와 우리가 다를 게 뭘까. 십 년 뒤에 이 여행을 떠올린다면 그때 이 장면도 무척 아름답겠지? 프레임 안에서는 뭐든 아름다운 법이니까. 시간이, 모자란 기억력이, 이 여행을 빛나게 하겠지. 그래서 나는 이 여행이 망한 여행이라고 더는 생각하지 않기로 했다. 그리고 생각했다. 이게 영화라면, 내가 '보영'이고 내가 '아휘'라면 이 여행을 통해 결국 너를 이해할까? 시진아, 여기서 우리가 그리워하는 그 모든 한국의 '장'들은 무엇을 녹음했을까. 아니다, 말은 중요하지 않다. 너와 내가 뭐라고 들었을지가 더 중요하다. 어쩌면 중얼거림은 중얼거림으로써 전달되었고 그것을 끝맺음이나 울음으로 받아들였을 '아휘'인 나를 떠올린다. 슬픔의 땅 끝에 묻어 두어야만 했던, 둘만의 대화와 싸움을, 생각한다. 영화에서처럼 우리는 집을 떠올렸다.

"이제 여행 며칠째지?"
"몰라. 거의 한 달 남았을걸?"
"집에 가려면 아직도 한 달이나 남았어?"
"더럽게도 많이 남았네."
"우리 집은 여기서 얼마나 멀까?"
"집? 더럽게도 멀지."
"이놈의 여행. 집에서도 더럽게 멀고, 갈 날도 더럽게 많이 남았네."

동생은 말했다.

"집에 가고 싶다, 언니."

지구의 반대편. 우리가 남미 여행 중 가장 힘들었던 것은 치안도 아니고, 예측할 수 없는 계절도 아니었다. 바로 한국에 안부를 물을 때였다. 시간을 꼭 맞춰서 전화하지 않으면 다음 날을 기약해야만 했다. 우리는 전화를 하지 못하는, 아침과 저녁 사이의 죽은 시간에 대해서 생각해 보았다. 길고 긴 대낮의 시간을 견디고 나면 한국에 있는 사랑하는 사람들의 목소리를 들을 수 있었다. 동생과 나는 가장 듣고 싶지만 들을 수 없는 목소리들에 대해 생각했다. 지금쯤 집에 계신 부모님은 주무실 것이다. 오늘은 우리가 세상의 끝에 다녀왔다고 말해야겠다고 생각했다. 그리고 이어, 이렇게 말할 것이다. "집이 많이 그리운 곳"이라고.

배는 다시 항구에 정박했다. 그리고 도시는 여전히 흐리면서도 하얀 밤이었다. 우리는 허겁지겁 짐을 쌌다. 더는 우울한 백야를 느끼고 싶지 않았다. 더는 다음 백야를 견딜 자신이 없었다. 우리는 택시를 잡아타고 우수아이아의 공항으로 향했다. 공항에 가자마자 입고 있던 옷을 벗었다. 또다시 여름이 될 것을 알고 있었기 때문이다.

점점 멀어지는 것처럼 보이지만
우리는 여전히 무겁다

둘이고 싶었는데, 여전히 하나구나 우린

2018년 4월 23일 오후 5시 30분 날씨 맑음. 엄마 아빠가 서울 집에 올라왔다. 예고되지 않은 방문이었다. 당시 나는 외출 준비 중이었다. 막 샤워를 끝냈고, 머리를 말리기 전이었다. 갑자기 나의 자취방에 들이닥친 엄마 아빠는 배가 고프다며 당장 근처 밥집 아무 데나 가자고 했다. 아무 데나 가자고 말했지만, 나는 알고 있다. 이분들은 아무 데나 갈 분들이 아니었다. 한식이어야 하고 실제로는 MSG 범벅이라 할지라도 건강한 느낌이 나는 음식이어야만 한다. 나는 허겁지겁 검색을 시작했다. 근처에 있는 설렁탕집을 찾았다. 나는 부모님께 양해를 구하고 이미 저녁 약속을 잡은 뒤라고, 근처에 설렁탕집이 있으니 알아서 찾아가실 수 있겠냐고 하자, 싸

가지 없다고 욕을 먹었다. 그리고 그냥 모셔다 드리고 난 다음 다시 약속 준비를 하겠다고 했다. 오랜만에 올라온 부모보다 중요한 약속은 없다고 엄마 아빠는 화를 냈다. 역시 부모님께 그런 게 통할 리 없다. 우리 집의 상식은 언제나 가부장제 아래에 있다. 장유유서. 부모님의 말씀은 곧 법이고 어기면 곧장 천하의 불효녀가 되었다. 하는 수 없이 나는 젖은 머리를 질끈 묶고 근처 밥집으로 향했다. 가는 내내 엄마 아빠는 왜 이렇게 머냐고 화를 냈다. 걸어서 칠 분밖에 되지 않는다고 나지막하게 답하자, 말대답한다고 화를 냈다. 나는 억지로 내 스케줄은 전혀 고려되지 않은 이른 저녁 식사를 해야 했다. 뜨거운 설렁탕을 호호 불며, 깨작깨작 숟가락질하자, 몸 보신시켜 주는 건데 왜 이렇게 밥맛 떨어지게 먹냐고 했다. 그제야 알았다. 아, 잘못 걸렸다. 오늘의 화받이는 나였다. 맛이 없다, 뭐 이런 데를 추천했냐고 했다. 배가 고프면 고픈 대로 예민하게 화를 내더니, 이제 배가 부르니 본격적으로 주변을 둘러보기 시작했다. 집으로 돌아오는 내내. 집으로 돌아온 후에도 엄마 아빠의 잔소리는 멈출 줄 몰랐다.

"집이 이게 뭐냐. 그릇은 이렇게 두면 안 되지.

집 꼴을 봐라. 우리가 무주에서 절약하면서 살면 뭐 하니. 네가 제일 부자구나. 하긴 넌 돈 잡아먹는 귀신이니까. 정리 잘하고 산다더니 머리카락은 사방에 굴러다니고, 이걸 정리 정돈이라고 한 거니? 엄마가 누누이 이야기했잖아. 먹고 나서 제때제때 치우라고. 집에 와 보니까 네가 왜 우울증 걸렸는지 알겠다. 이렇게 좁고 드러운 데서, 건강하게 해 먹지 않고. 귀찮아서 다 시켜 먹지? 돈은 돈대로 쓰고 건강은 건강대로 상하고 그렇게 살지 너? 안 봐도 뻔해. 사람은 쉽게 안 변하잖아. 잘 들어. 부엌이나 화장실은 쉽게 곰팡이가 생기니까 문을 열어 두라고 몇 번이나 이야기했잖아. 책은 또 왜 이렇게 많아졌어. 이거 다 새로 산 거지? 안 그러면 짐이 더 많아지는 게 말이 안 되잖아. 안 쓰는 건 좀 버려. 너저분한 것 좀 봐라. 누가 널 데려가겠니. 시집이나 갈 수 있겠니? 돈을 벌면 뭐 하니, 돈 귀한 줄 모르는데. 너 저녁에도 쓸데없는 데 돈 쓰러 나가는 거지? 나가면 또 술먹고 올 거잖아. 술값만큼 쓸데없는 게 없어. 동생도 이제 호주 가서 없겠다, 시 쓴다고 서울로 나갔으면 노는 날도 쪼개서 글을 열심히 써야지. 정말 한심하다. 넌 도대체 앞으로 뭘 하고 살 거니? 우리가 일찍 죽으면 어떡할 거야?”

195

친구랑 논 지 몇 시간도 되지 않았다. 오랜만에 만나는 친구였고 몇 번의 파투 끝에 겨우 잡은 약속이었다. 아까도 말했듯이 우리 집에서 가장 중요한 것은 아빠고 그다음은 엄마고 그 사이에 부모 쪽으로 입을 벌린 무한대의 부등호가 있고 말미에 나와 동생이 있다. 우리 가족에게 엄마와 아빠의 말을 어긴다는 것은 곧 범법 행위를 저지른다는 말과 같았다. 어른의 말씀은 곧 법이고 그 법은 나의 인권보다 존엄하다. "온다는 말 한마디 없이 온 건 엄마잖아요."라고 하자, "이 자취방은 내가 구해 준 거잖아. 내 집에 내가 오는데 왜 네 허락을 맡아야 해?"라고 받아쳤다. 역시 자본주의 사회에서는 돈이 없으면 의견을 낼 수 없다. 이 분명한 경계를 넘어설 수 있는 것은 오로지 돈뿐이다. 나는 집을 나가야 한다. 돈이 없으면 집에 일찍 오라는 전화를 계속 받아야 한다. 갈 때까지 받아야 한다. 엄마는 내가 들어올 때까지 현관 앞 침대에서 나를 바라보고 있었다. 숨이 막혔다.

며칠 전 친구에게 이 이야기를 했더니, 그게 말이 되는 소리냐고 했다.

"그러게. 이 이야기가 소설이었다면 성말 좋았

을 텐데."

　　가끔 집에 함께 있는 시간에 내가 "불편해."라
고 말하면 언제나 돌아오는 것은 "고작 하루도 못 참
냐."는 말이었다. 고작 하루라니. 하루가 얼마나 긴데.
나는 엄마 아빠가 없었으면 할 수 있는 하루의 오만 가
지 일들을 생각한다. 미국 드라마를 끊지 않고 볼 것이
고, 매일 십오 분씩 엄마가 잠들 때까지 다리를 주무르
지 않아도 될 것이며, 나의 사생활을 묻는 말에 거짓을
지어내지 않아도 될 것이며, 소리 없이 내 마음대로 글
을 쓸 수 있을 것이고, 친구와 오랫동안 통화해도 욕 먹
지 않아도 될 것이다. 가장 괴로운 점은 엄마는 폐소 공
포증이 있으면서도 '컨트롤 프릭'이라는 사실이다. 이게
얼마나 환장의 조합이냐면 엄마는 일단 폐소 공포증이
있기 때문에 탁 트인 공간에 있어야 한다. 그래서 엄마
의 방은 늘 거실이다. 방이 남아도 엄마는 거실에서 살
고 거실에서 잔다. 그러고는 집 안의 방문을 모두 열어
야만 안심이 되는 사람이다. 그러나 가부장제가 지배한
우리 집안에서 아빠는 왕이기 때문에 아빠의 방문은 제
외다. 내 방문은 엄마가 오는 것과 동시에 열려 있어야
한다. 엄마의 통제 속에 있어야 한다. 24시간 내내 문을

열어 둔 채로 나는 노래를 들을 수도, 낮잠을 잘 수도 없다. 방에 있으면서도 방에 머물 수 없다. 내가 하는 일은 문을 열어 둠으로써 사사건건 보고되는 것이다. 그리고 엄마는 아빠를 너무 사랑하니까. 아빠를 사랑해서 아빠의 심기를 거스를 수 없으니까. 만만한 건 나니까. 나는 엄마 속에서 나왔으니까. 나는 엄마 마음대로 살고 죽으니까. 그걸 당연하게, 받아들인다. 엄마가 만든 방에서 엄마의 통제 속에 모든 걸 이행해야 하는 나는 아직도 엄마의 자궁 속에 있는 것 같다. 온종일 혼나고 나니 집 한 채가 다 내 잘못이자 슬픔인 것만 같다. 오늘은 유독 크게 빈자리를 느낀다. 벽에 딱 붙어서 나와 나란히 자던, 시진이를 생각한다. 지금은 시진이의 봉제 인형들만이 덩그러니 남아서 나를 바라본다. 우리는 가끔 전화하고 가끔 애틋하다. 떨어져 살아서 사랑한다. 지독하게도 서로를 혐오했는데, 나는 시진이가 그리워서 자꾸 시진이를 닮아 간다. 내가 제일 싫어했던 시진이의 모습으로 엄마 아빠에게 말을 건다. 우리는 너무 쉽게 평화를 믿었다. 시진이 없는 집. 꿈처럼 아무런 갈등이 없을 줄 알았던 우리 집에서 '또라이 질량 불변의 법칙'으로, 엄마 말처럼 이젠 내가 시진이가 되었다.

둘이고 싶었는데, 여전히 하나구나 우린.

다음 날, 우리 가족은 시진이에게 보낼 한국 음식들을 고르기 위해 마트로 향했다. 엄마 아빠가 물건을 고를 때마다 내게 물었다. "시진이는 뭘 좋아하니?" 나는 망설임 없이 물건을 카트에 담았다. 시진이가 무엇을 좋아하는지 가장 잘 아는 사람이 된 기분이었다. 시진이는 내가 뭘 좋아하는지 알까. 아니면 내가 뭘 싫어하는지 알까. 잠시 생각했다. 내가 물건을 잘 고르자, 부모님은 흡족해하셨다. "역시 시진이를 가장 잘 아는 건 큰딸뿐이네. 역시 겉으로만 으르렁거리지 매일 싸워도 둘뿐이네. 엄마 아빠는 우리 소호가 시진이랑 잘 지내는 것같아서 너무 행복해." 나는 대답 대신 슬며시 미소 지었다. 이것이 우리 집안을 장악한 가짜 뉴스다. '우리는 화목하다' '우리는 서로를 너무나 사랑한다'는 것. 진실이라고 믿고 싶은 것을 맹목적으로 믿으면 그것이 곧 진실이 된다. 어떤 집단에서 과반수를 차지하는 사람들이 그렇게 믿으면 그게 진실이다. 민주주의의 법칙에 따라 소수자의 의견은 무시된다. 가정에서 불행하다고 말하는 자가 곧 이단이다. 나는 십자가에 매달린 채 돌무더기를 맞았다. 나는 이단이며 마녀다. 때론 이단의 말씀이 진실이라 할지라도, 마녀의 입에서 나온 말들은 전부 불온하다.

때마침 농장에 있는 시진이에게 연락이 왔다.

"언니, 여기 사람들은 다 나를 싫어하나 봐."

"시진아, 널 좋아하는 사람들은 어차피 없어. 외국인들 위주로 친하게 지내는 게 어때? 말이 통하지 않으니까 그래도 미워하지는 않을 거야."

나는 시진이에게 가장 잔인한 방법으로 상처 주는 방법을 잘 알고 있다. 시진이가 좋아하는 것과 싫어하는 것을 가장 잘 아는 나는, 다정한 말투로 시진에게 폭언했다.

이것은 부모에 대한 나의 화풀이였다. 엄마와 아빠에게 당한 것을 또 다른 약자인 시진이에게 돌려주며 내가 맞은 돌을 다시 주워 던졌다.

어제 나는 위로가 필요해서 내게 내밀었던 손을 내쳤다.

시진이는 아닌 밤중에 호되게 얻어맞았다.

부모님이 가신 다음 날, 나 때문이었는지 또 다른 사건 때문이었는지는 몰라도 시진이는 끔찍한 현실이 담긴 사진을 보냈다. 익숙했지만 늘 새로웠다. 병원 갈 돈이 없다고, 왜 매번 잘리는지 모르겠다고 했다. 알레르기는 또 왜 이렇게 많은지, 각종 알레르기 때문에 동생은 블루베리 농장 외에는 어디서도 일하지 못했다. 나는 시진이가 너무 불운하다고 생각했다. 사계절 내내 블루베리 철인 것도 아니고, 자리가 비면 언제 어디서든 일을 해야 했지만, 시진이는 몸도 마음도 일하기에는 부적합했다. 마음 터놓을 친구도 없어서 늘 그래 왔던 것처럼 고통을 내게 전시했다. 나는 새벽에 술을 먹다가 그 끔찍한 사진을 보고, 엄마 아빠가 깰 때까지 시진이가 죽을까 봐 벌벌 떨었다. 지구 반대편에서 내가 할 수 있는 일은 아무것도 없었다. 지금까지 나는 시진이가 죽으려고 할 때마다 때리기도 해 보고 엎드려 울기도 해 봤다. 나는 옆에서 언제든 적극적으로 자살을 막을 수 있었다. 하지만 지금은 할 수 있는 게 아무것도 없다. 아침이 오기만을, 빌어먹을 아침이 오기만을 나는 기다렸다.

역시 기대한 내가 바보였다. 아침부터 나는 실망스러운 소식을 전해 들었다. "시진이가", 하고 입을 떼자 부모님은 좋지 않은 소식임을 직감하고 말을 한번 걸러서 전해 주길 부탁했다. 그 둘은 고통스러운 문제로부터 멀어지길 바랐고 우리 가족이 여전히 화목하다는 환상에 사로잡혀 있었다. 어제는 시진이의 물건을 샀지만 오늘은 시진이의 고통을 듣고 싶지 않아 했다. 시진이가 한국에 가고 싶다고 울자, 나보고 호주에 가라고 했다. 시진이 문제에 대한 해결 방법이 전부 나라는 사실이 정말 끔찍했다. 고통도 전부 내가 듣고, 그걸 나라는 필터를 거쳐서 이야기하고, 시진이가 외롭고 힘들다 하면 나를 보내는 것. 어쩌면 부모님에게 나는 그냥 시진이의 완충재일 뿐이다. 그러면서 "그게 다 죄잖아. 시진이는 네 동생이잖아. 어떡하겠니. 그게 네 업보인걸." 이라고 말했다. 이어 "물론 나도 엄마인 게 죄지."라고 했다.

나는 더는 행복을 포장하고 싶지도 않았다. 끔찍하다. 가족이란 벗어날 수 없는 진정한 운명이다. 그래서 하늘로부터, 유전학적으로 불시착한 것이다. 그것은 불운한 것으로, 어쩔 도리가 없는 것이다. 애초에 내가 선택한 집단이 아니기 때문이다. 분노가, 부모에 대한 분노가 치고 올라온다. 갑자기 아무하고 결혼하고 싶다. 가족이라는 틀을 보상받고 싶나. 죽고 싶나. 와인 한

병을 마셨다. 잠이 오지 않는다. 화가 나서. 가족이라는 게, 나는 나도 모르는 사이에 언니라는 죄를 지었기 때문에 평생 시진이를 견뎌야 하는 걸까. 그런 걸까. 어떤 멋진 언니의 모습으로 살아야 하는 걸까. 이젠 장녀 노릇도 지긋지긋하다. 이 모든 것을 시로 쓰는 것조차 싫다. 왜 시로 써야 하지. 누가 내 이야기를 들어 주지. 엄청나게 잘 썼다고만 하겠지. 진짜 이게 작품인 줄 알고. 허구인 줄 알고. 내일은 뭘 하지. 이 괴로움을 잊으려면 뭘 해야 하지. 또 술을 마셔야 할까 아니면 말을 해야 할까. 다시 약을 먹어야 할까. 지옥을 견디기 위해서 나는 뭐가 되어야 할까. 평생을 시진이가 죽을까 봐 벌벌 떠는 것 말고 내가 할 수 있는 것은 무엇일까. 난 어떤 사람이 되어 살아야 할까. 가족의 사랑조차 믿지 못하는데, 이런 나를 누가 사랑해 주지.

분명히 시진이는 지구 반대편에 있는데,
시진이의 고통은 언제나 내 삶을 뒤흔든다.

"살려 줘 시진아. 언니도 사실은 사는 게 너무 고통스러워."

말하려 하자, 아빠는 네 마음 편하자고 안 그래도 힘든 애한테 그런 말 말라고 했다.

그러니 이 고백은 여기에 박제된다.

더 거친 방식으로.

시선은 자연스럽게 벽으로 향한다.

왜 우리는 사진 속에서만 행복할까?

몇 년 전에 찍은 건지 기억도 나지 않는 사진을 보는 나는, 여전히 슬프다. 나는 여전히 외롭다. 가족은 비벼도 비벼도 지지 않는 자국이다. 그러므로 가족의 미래는 언제나 자욱하다. 오늘의 하루는 너무 길다. 가족을 만지고 쓰는 동안 나는 나라는 사람을 만난 적이 없다.

솔직하려 애쓰지만 단 한 번도 솔직한 적이 없었음을 고백한다. 종이에서 떼어 낸 나는 모두의 '나'이자 익명의 '나'임을 고백한다. '나' 없는 '나'이자 너무나 '나'다운 나를 섞어서 쓰고 나서야, 나는 가족을 생각한다. 서로의 말은 듣지 않고 자기 말뿐인 우리를. 글을 쓰며, 시였다가, 산문이었다가, 일기였다가, 희곡이 되었던 나의 가족 이야기를 탈탈 털어 쓴다. 지금도 이 글을 쓰며, 말을 하면 할수록 가벼워질 줄 알았는데 조금도 가벼워지지 않는다는 것을 깨닫는다. 오히려 무겁다.

나는 퇴적되어 견고한 우리의 세월을 생각해 본다. 나름대로 각각의 모양과 색색깔의 세계를 구축하고 있다. 그러나 층과 층 사이는 아무도 알 수 없다. 마치 우리처럼. 영원히 도망칠 수 없다. 가족에게 사랑받는다는 기분이 어떤 것인지 기억나지 않는다. '사랑한다'라는 말만 남아 있을 뿐이다. 이 글도 단숨에 썼다. 단숨에 쓴다는 것은, 스스로 우울의 농도를 알 수 있는 유일한 방법이다. 나는 늘 그랬다. 죽고 싶을수록 글은 너무나도 쉽게 쓰였다. 마치 거짓으로 점철된 다른 사람의 이야기처럼.

검은 강, 모기 그리고 다카시

"아냐, 이룰 수 있어. 넌 남미에 왔잖아.
시인도 될 수 있어."

데스 로드

나와 동생은 새해를 아마존에서 보내기 위해 볼리비아 라파스에서 아마존 인접 마을 루레나바케로 가는 버스에 올랐다. 들은 대로, 아마존에 가려면 '데스 로드'라는 도로를 거쳐야 했다. 데스 로드 옆 산기슭에서 수시로 작은 폭포처럼 물이 떨어졌다. 바퀴 바로 옆은 아슬아슬한 낭떠러지였다. 그래서 아마존에 가는 버스에는 운전사 말고도 수리공이 꼭 탑승을 해야 했다. 이 도로에서는 버스가 자주 고장 났기 때문이다. 심지어 우리가 버스를 타기 며칠 전 자전거를 타던 일본인 여자가 죽었다고 했다. 가난한 여행자였던 우리는 선택지가 없었다. 나와 동생은 현지인들과 함께 짐처럼 꾸역꾸역 버스에 올라탔다.

불행은 데스 로드에 들어서면서부터 시작됐다. 데스 로드는 폭이 1차선 정도 되는 비좁은 도로였다. 그런데 그 도로를 무리하게 2차선으로 나눠 오가는 길로 쓰고 있었다. 앞쪽에서 차 한 대가 오면 우리 차는 계속 후진을 해야 했다. 설상가상으로 버스가 진흙탕에 빠져 탑승객들이 다 함께 버스를 끌어 올리기도 했다. 그러다 지친 버스 기사는 틈만 나면 이런저런 핑계를 대며 밖으로 나가 담배를 피웠다. 나와 동생은 제발 오늘 안에만 도착하게 해 달라고 바랄 뿐이었다. 다만 먹먹해져 오는 귀와, 온몸에 배어 드는 땀 때문에 조금씩 아마존에 가까워지고 있다는 사실을 느끼고 있었다.

결국 열아홉 시간이면 도착하는 루레나바케를 무려 스물여덟 시간 만에 도착했다. 원래 우리와 함께 하기로 한 투어 팀은 떠나고 우리는 다음 팀을 기다렸다. 그들이 말했다.

"너희가 늦게 도착하는 바람에 12월 31일 투어는 떠났어."

"어떡하지?"

"괜찮아. 그런 일이 자주 있거든."

"그럼 내일은? 내일은 아마존에 갈 수 있어?"

"내일은 안 돼. 1월 1일은 휴일이잖아. 그러니까 너희는 1월 2일 투어를 가야 해."

동생과 나는 아마존에서 가장 가까운 마을 루레나바케에서 이틀을 머물러야 했다. 숙소에 도착해서 가방을 열어보니 가방 안은 난리가 나 있었다. 라파스와 루레나바케의 고도 차이로 샴푸가 폭발한 상태였다. 페루에서 산 알파카 옷은 찢어져 있고, 보조 배터리와 휴대 전화, 종이 쪼가리 몇 장과 펜만이 남아 있었다.

우리는 새해를 축하하는 폭죽 소리 때문에 쉽게 잠을 청할 수 없었다. 나와 동생은 그 마을의 유일한 동양인이었다. 우리는 폭죽이 터지는 창문 아래, 초등학생 이후 처음으로 빙고 게임을 했다. 나라 이름부터 아이돌 이름까지 온갖 주제로 빙고를 했다. 사람이 둘뿐이었기 때문에, 승자와 패자가 아주 빠른 속도로 결정됐다. 우리는 새해에 세상에서 가장 슬픈 빙고 게임을 했다. 열대 우림의 습기 속에 누워 빙고를 하다, 동이 틀 무렵 잠이 들었다.

만남

드디어 아마존 투어를 떠날 수 있게 되었다. 우리 팀은 스페인어를 매우 잘하는 일본인 다카시, 나와 동생, 5개 국어를 하는 벨기에 레즈비언 커플, 그리고 말이 없는 이스라엘인까지 총 여섯 명이었다. 우리는 수줍게 인사를 나누고 그 후로 몇 마디 말을 주고받았다. 가이드도 스페인어만 할 줄 알았기 때문에 참 고독했다. 다카시가 간간이 몇 마디를 통역해 주었을 뿐, 스페인어를 못하는 한국 여자들을 아무도 신경 쓰지 않았다. 고독의 길이만큼 루레나바케에서 아마존으로 가는 길은 더욱더 멀게 느껴졌다.

모기

우리가 막 배를 타려던 순간 반대편에서 아마존 투어를 막 마치고 나오는 사람들을 만났다. 그들은 이렇게 말했다.

"다른 것은 다 필요 없어요. 모기를, 모기를 조심하세요."

209

그 말은 사실이었다. 차에서 배로 옮겨 타려고 발을 땅에 디디는 순간, 모기들의 공격이 시작되었다. 나는 가이드에게 물었다. "아저씨, 여기 모기가 너무 많은데요?" 그랬더니 아저씨는 씩 웃으며 말했다. "어쩌죠. 지금 이건 아무것도 아니에요."

검은 강

보트를 타는 즉시 팜파스 투어는 시작됐다. 팜파스 투어는, 아마존의 물길을 따라 보트를 타며 즐기는 투어였다. 하지만 우리는 제대로 된 투어를 즐길 수 없었다. 남미는 우기였다. 하루에 한 번씩은 꼭 비가 왔다. 비가 오면 동물을 볼 수 있는 시간이 절반으로 줄었으며, 피라냐도 몸을 숨겼다. 정글로 들어가는 시간 역시 제한되어 있었다. 우리는 투어의 절반을 날린 셈이었다.

아마존은 한국의 강과 달리 어두웠다. 어두운 강, 검은 강이었다. 검은 강은 모든 사물을 거울처럼 반사시켰다. 검은 하늘이 붙어 있는 검은 수면, 두 개의 나무, 두 개의 나, 보트 위를 달리는 보트를 보며 잠시 아름다움에 빠졌다. 검은 강바닥에 뿌리를 박고 자란 나무들 사이로 여러 종류의 원숭이가 지나갔고, 햇볕을 쬐는 두 마리의 자라, 그리고 입을 벌린 악어, 강을 건너는 돼지가 지나갔다.

재미있는 사건이 하나 있었다. 우리는 자루처럼 매달린 새 둥지를 보고 있었다. 보트는 잠시 새 둥지 아래로 다가갔다. 가이드는 둥지 속의 아기 새들을 보여 주고 싶어 했다. 그는 나뭇가지를 잡고 흔들었다. 그러자 둥지 주변을 날고 있던 어미 새는 동생의 다리에 똥을 쌌다. 아마존은 TV에서 본 것처럼 모든 것이 어마어마했다. 새똥도 엄청났다. 나는 동생이 똥으로 샤워를 했다고 생각했다. 모두가 동생을 향해 웃었다. 동생은 울고 그렇게 우리는 숙소로 돌아왔다.

숙소는 아마존 강가에 기둥을 세워 지은 나무 집이었다. 집과 집을 연결해 놓고 노을을 볼 수 있도록 작은 테라스도 만들어 놓았다. 그곳에는 애완 악어가 살고, 놀랍게도 차가운 맥주를 마실 수 있었으며, 미로처럼 아주 좁고 복잡한 산책로까지 마련되어 있었다. 그 이외에는 모두 모기장 안에서 생활해야만 했다. 한국의 그 어떤 모기장보다 촘촘하고 습한 그 모기장 안에서 모든 일을 해야 했다. 나는 일기를 쓰고 우리 팀 중 유일하게 다정한 다카시와 아주 잠시 이야기를 했다. 왜 아마존에 오게 되었냐고 그는 물었고 나는 대답했다.

"남미니까. 남미 하면 아마존이지."

"그게 다야?"

"응, 그냥 세계에서 제일 큰 정글에 가 보고 싶었어."

"와 보니 어때?"

"그냥 검은 강, 모기, 모기, 모기뿐인데?"

"맞아, 모기밖에 없어."

우리는 까르르 웃다 잠이 들었다.

어떤 하루

모두가 새벽부터 짐을 꾸렸다. 장화를 신고 정글에 가서 아나콘다를 보러 간다고 했다. 그러면서 가이드는 말했다. "하지만 아나콘다를 실제로 보기는 힘들 거야. 우기이기도 하고 요즘 아나콘다가 잘 숨어 있거든." 나는 지쳐 있었기 때문에 아나콘다를 보지 않고, 숙소에서 편히 자유 시간을 갖기로 했다. 홀로 남은 모기장 안에서 몇 곡의 음악을 반복해서 듣고, 손으로 또박또박 일기를 썼다.

그리고 비가, 아주 많은 비가 내렸다.

얼마 뒤 일행이 돌아와 말했다. 결국 아나콘다는 보지 못했고 끊임없이 진흙길만 걷다 왔다고 가이드는 나에게 옷을 챙겨 입고 나오라고 했다. 아나콘다 대신 아마존 상류에만 사는 핑크색 돌고래 '뽀뚜'와 수영을 하자고 했다.

동생은 무척 즐거워했지만, 난 겁이 났다. 핑크돌고래가 있는 곳은 돌고래 말고는 아무것도 살지 않는다. 그래서 아마존의 그 어떤 지대보다 안전하다고 했다. 그 말을 믿지 못하는 것은 아니었다. 다만 막상 몸을 담그려고 보니, 검고 깊은 아마존이 갑작스레 무서웠다. 그 순간 핑크색 돌고래의 지느러미와 꼬리가 수면 위로 올라왔다. 검은 바탕 위에 핑크색이 반짝반짝 빛났다.

저녁이 되면 수많은 박쥐가 날아다녔다. 박쥐가 날아다니는 속도는 보트보다 빨랐다. 태어나서 그렇게 많은 박쥐는 처음 봤다. 숙소에서도 박쥐가 날아다녔다. 화장실에 갈 때도 큰 용기가 필요했다. 가이드는 오늘은 비가 와서 다른 날보다 그나마 박쥐가 적은 편이라고 했다. 나는 박쥐도, 모기의 날개도 모두 젖었을 것이라 생각했다. 다행이라고 생각했다.

그렇게 두 번째 밤이 갔다.

섬

가이드는 팜파스 투어의 하이라이트였던 피라냐 잡기는 할 수 없다고 말했다. 우기라서 강바닥에 숨어 있기 때문에 아무리 미끼를 던져도 잡을 수 없었다. 그 대신 아주 멋진 풍경을 볼 수 있는 오두막집으로 우리를 데려갔다. 우리는 보트를 탔다. 피라냐는 없었지만 거짓말처럼 깊고 검은 강 그 사이에 섬이 있었다. 거짓말처럼 섬 위에 축구 골대도 있었고, 그곳에 사는 가족도 있었다. 그날도 어김없이 비가 왔다. 우리는 젖은 몸을 말리며 비가 그치길 기다렸다. 하루에 한 번 오는 비는 아주 짧고 매서운 속도로 모든 것을 적셨다. 그리고 아무 일도 없었다는 듯 갰다. 우리는 젖은 땅에서 제각기 휴식을 즐겼다. 나와 동생, 다카시는 산책을 했다. 벨기에 커플은 가만히 앉아 아마존을 바라보았다. 이스라엘 친구는 그곳에 사는 친구들과 축구를 즐겼다. 모두가 환히 웃었다. 식인 물고기는 보지 못했지만, 아름다운 아마존의 섬에서 젖은 몸을 말리며 모두가 환하게 웃었다.

마지막 날을 기념하듯 그날, 아마존에서 가장 멋진 풍경을 선물받았다.

그리고 밤이 왔다. 우리는 다시 각자의 침대에 누웠다. 촘촘한 모기장에 가로막혀 서로의 얼굴은 바라볼 수 없었지만 이야기를 나누었다. 그리고 늘 그렇듯 "언젠가 다시 또 만나자."라고 지키지 못할 약속을 했다. 연락처는 나누지 않았다.

신기한 일은, 나와 동생은 며칠 뒤 라파스의 어느 길거리에서 우연히 다카시를 만났다.

다카시와 반갑게 포옹을 하고 다시 약속을 했다. 우연히 만나자고.

나는 아직도 다카시를 어디선가 우연히 만날 수도 있다고 생각하고 있다. 다카시는 일본 고베에 산다. 그는 남미에서 만난 사람 중에 나와 가장 가까운 곳에 살던 사람이었다. 집에 돌아온 지 몇 년이 지난 지금도 나는 아마존에서 다카시와 했던 대화를 가끔 떠올린다.

"너는 한국에서 뭘 하는 사람이니?"

"나는 학생이야. 시를 써."

"시인이야?"

"아니, 그냥 공부하는 사람. 아직 시인은 아니야."

"그럼 곧 시인이 되겠구나."

"응, 시인이 되고 싶어. 그건 내 꿈이야."

"언제는 남미에 오는 게 꿈이었다며."

"그 꿈은 지금 이뤘고, 이건 어쩌면 노력해도 이룰 수 없는 꿈일지도 몰라."

"아냐, 이룰 수 있어. 넌 남미에 왔잖아. 시인도 될 수 있어."

"그렇게 말해 주니 고마워, 다카시."

"응원할게."

10월 5일 일요일 날씨 동시

〈제목〉 기쁨

기쁨

멀리서 웃으며
큰 둥지로 조그만
새끼 새들이
와서 하하하!

보름달에 소원 빌고
이야기 하고
행복한 시간

추석을통해
정을 나눈다.

사는 참 갈 지었네.

검 인	4월 11일 화요일		날 씨	비			기 온		
제 목	할아버지	자기 평가	1	2	3	4	5	6	7 8

할아버지가 떠나셨다.

속으로 슬펐다.

너무 섭섭했다.

공부할 때도 할아버지

께서 가신 생각이 납

니다.

'할아버지 께서 잘들

도착 하신 께 않는

고 혼자 중얼 거려 다

할아버지가 떠나서

너무 슬펐다.

할아버지가 오래오래

월	일	요일	날씨		기온		
		자기평가	1	2	3	4	5	6	7	8

사 서오.

4/12 경진이 할아버지께서 정말 행복하시겠어요.
이렇게 할아버지를 사랑하는 예쁜 손녀가
있으니까요.

[차례를 지킬 곳] 질서를 지켜야 일이 빨리되고, 마음도 편하다.
차를 탈때, 게임할 때, 미끄럼틀, 그네뛰기 할 때, 간식이나 음식을
먹을 때, 화장실 사용할 때, 수도물 이용할 때, 교실에 들어오고
나갈때, 계단을오르 내릴때, 전시회 구경할 때 둘이상 모이면 반
드시 줄을 서서 차례를 지킨다. 절대 사이치기를 하지 않는다.

알래스카에서 온 편지

그건 여러모로 멋있었다.
그래서 나의 꿈은 할아버지처럼 사는 것이었다.
스타일리시하고, 자유롭고, 도전을 멈추지 않는.

밤이었다. 서울 하늘에 드물게 별 몇 개가 상투적으로 반짝반짝 빛나는. 그날은 처음으로 독립을 하고 처음으로 누군가를 초대한 날이었다. 두 사람이 겨우 앉을 수 있는 작은 테이블에 친구와 함께 둘러앉아 이제 막 잔을 부딪치던 순간 때마침 전화가 울렸다. 받지 않았다. 그러나 계속해서 전화가 울렸다. 나는 받지 않았다. 그러나 전화가, 전화가 끊이지 않고 계속 울렸다. 엄마의 전화를 받지 않자, 이번에는 사촌들이 돌아가며 내게 전화를 걸기 시작했다. 그제야 나는 전화를 받았다. 할아버지가 지금 유언을 남기겠다며 손주들을 전부 횡성 별장으로 불렀다는 것이었다. "할아버지? 할아버지라고?" 나는 몇 번을 되물은 후 전화를 끊고 급하게 친

220

구를 돌려보냈다. 그리고 집 근처에서 사촌 오빠가 운전하는 차를 탔다.

우리의 이름은 경진, 시진, 평석, 윤경이었지만 소리, 유리, 누리, 우리이기도 했다. 할아버지는 우리를 너무 아끼고 사랑한 나머지 순우리말로 된 한글 이름을 따로 붙여 주었고, 그것은 우리의 외국 이름이 되거나, 이메일 아이디나 비밀번호로 사용되었다. 이름에는 각각의 뜻이 따로 있었는데, 나의 이름은 '소리'였다. 소리가 된 것에는 몇 가지 이유가 있다. 어릴 때 노래를 잘 불렀기 때문이기도 했고, 네 목소리를 내고 살라는 이유이기도 했다.

우리는 차 안에서 할아버지의 건강에 관해서 얘기를 나누었다. 몇 년 전 간암 말기 판정을 받았고, 불행 중 다행으로 나이가 너무 많아 암의 전이 속도는 아주 느리다고 했다. 그 후에 치료가 잘 되어, 완치 판정을 받았다고 분명 그렇게 들었다. 그러나 그 이후로 듣지 못한 소식이 있음을 우리는 알게 되었다. 암은 재발했고 온몸에 퍼져 더는 손쓸 수 없는 상태라는 것을. 우리는 차 안에서 어떻게 그런 일이 있을 수 있냐고 이야기했다. 할아버지께서 진정으로 이 고난을 다시 이겨 내고 오래 사셨으면 좋겠다고. 알게 모르게 몇 번의 고비가 있었는데, 오늘이 진짜 고비인 것 같아 덜컥 겁이 난 할아버지가 미리 유언을 남기겠다고 우리를 모두 횡성으로 부른 것이다. 우리는 알 수 없는 감정에 사로잡혔다. 할아버지와 추억이 너무 많았던 우리들은 이 일을 전혀 받아들이지 못하고 있었다. 그래서 가는 내내 그럴 리가 없다고 말했다.

몇 시간을 달려 우리는 별이 쏟아지는 횡성 집에 도착했다. 도착하여 침대 머리에 기대어 힘겹게 앉아 있는 할아버지를 발견했다. 다 같이 몰려가서 "할아버지!" 하고 폭 안기자 할아버지는 빙그레 웃었다. 그리고 나이 순서대로 하나씩 부를 테니, 이 말을 잘 새기라고 했다.

내 순서가 되자 할아버지는 "소리야." 하고 낮게 불렀다. 그리고 유언을 미리 말씀하셨다. 소리는 긍정적인 생각을 하고, 언제나 하고 싶은 것을 하는 자유를 누리라고. 옆에서 가만히 듣던 이모는 할아버지를 어떻게 사랑하는지 말하라고 했다. '어떻게' '얼마나'라는 단어는 정말 어렵다. 감정의 깊이에 비해 표현은 언제나 부족하다. 하지만 생각해 냈다. 내가 할아버지를 얼마나 어떻게 사랑하는지. 할아버지께 말씀드렸다. "할아버지 덕에 시인이 되었어요. 할아버지가 나에게 자기 목소리를 내라고 소리라는 이름을 붙여 주셔서 작가가 됐어요. 등단하자마자 그 누구보다 기뻐하며 더 많은 글을 쓰라고 노트북을 사 주셔서 감사해요. 그리고 여행 다닐 때마다 비밀 지켜 주셔서, 용돈 몰래 쥐여 주셔서 감사해요. 할아버지가 아니었으면 오늘의 나는 없었을 거예요."말했다. 할아버지가 조용히 눈물을 훔치셨다. 나도 같이 몰래 울었다.

방에 들어가는 손주들은 다 각자의 다짐과 미래에 관한 이야기를 듣고 나왔다. 우리는 하룻밤을 자고 나는 다시 서울로 돌아왔다. 우리에게는 내일이 있었다. 당장 출근을 해야 하고 바삐 움직여야 했다. 그러나 이상하게 그날부터는 자기 전에 침대에 누우면 눈물이 났다. 할아버지의 죽음이 더 이상 먼 일이 아니라는 생각이 들었다. 나는 잔인하지만 상상하고 싶지 않은 것들을 상상해야만 했다. 오늘보다 내일 조금 덜 슬프기 위해서 누워서 할아버지가 없는 상상을 했다. 무뎌질 때까지 상상하면 마음의 준비를 할 수 있게 될 줄 알았는데 전혀 그렇지 않았다. 상상하면 할수록 할아버지가 없는 세상은 너무나 끔찍했다. 하나의 언어를 잃는 것처럼. 할아버지가 돌아가시면 '소리'라는 이름은 영영 불리지 않을 것이다. 하나의 나를 잃는 것처럼 슬펐다.

죽음을 연습하는 것, 애도를 연습하는 것은 정말 옳은 일일까? 그동안 나는 가까운 사람의 죽음을 겪어 본 적 없었다. 책이나 TV에서 보던 것처럼 죽음이란 '다시 볼 수 없음'에 불과하다고 생각했다. 롤랑 바르트의 『애도 일기』를 슬프게 읽으면서도 죽음은 헤어짐이나 이별 정도의 무게라고 생각했다. 마망을 잃고, 끊임없이 마망에 대한 글을 남겼던 롤랑 바르트를 떠올렸다. 삶의 의미를 다 잃고 치료도 거부하고 그렇게 소극적 자살을 선택한 롤랑 바르트의 마망을 생각하며 나는 할아버지를 떠올린다.

내게 할아버지를 한 단어로 말하라고 한다면 뭐라고 말할 수 있을까. 1928년생 할아버지는 말 그대로 '신인류'였다. 지금이야 가족끼리 국적이 다른 경우가 이상하지 않지만, 할아버지의 삼 형제는 모두 미국 시민으로 내가 아주 어릴 때부터 미국과 한국을 오가며 생활했다. 할아버지는 또한 세계에 안 가 본 곳이 없을 정도로 젊은 시절 여행을 즐겼고 나는 어릴 때 할아버지 무릎에 앉아 세계 여행을 시작했다. 지도에서 궁금한 나라의 이름을 발견하여 물으면 할아버지는 그곳은 어떤 곳인지, 얼마나 아름다운 곳인지, 가서 꼭 해 봐야 할 일들을 친절하게 답해 주었다. 그뿐만이 아니라 양육 방법도 남다르셨다. 남녀의 차별이 당연하던 그 시절에도 삼남매의 높고 낮음을 구별하지 않았다고 전해진다. 음식이나 옷가지 등 좋은 부분만 골라서 아들에게 몰아 주던 그 시절에도 언제나 선착순으로, '먼저 챙기는 사람이 임자'라는 철학을 가졌다. 그 철학은 나에게도 큰 영향을 끼쳤다. 나에게도 여자 손주라고, 특히 외손주라고 따로 차별하는 것 없이 공평하게 사랑하셨다. 아니다. 더 사랑하셨다. 친가가 없고 외가뿐인 내가 사랑을 절반밖에 받지 못한다고 늘 안타까워하셨다. 그래서 나와 동생이 행여 섭섭해할까 봐 언제나 사랑을 두 배로 주셨다. 그래서 할아버지와 우리 사이에는 다른 사촌들은 모르는 비밀이 참 많이 생겼다. 들으면 샘을 낼까 봐 늘 '쉿!' 하고 빙그레 웃으며 뭔가를 조금이라도 더 챙겨 주셨다. 할아버지는 그렇게 언제나 평등하고 다정했다. 그리고 그건 여러모로 멋있었다. 그래서 나의 꿈은 28년생의 할아버지처럼 사는 것이었다. 스타일리시하고, 자유롭고, 도전을 멈추지 않는.

　　이렇게 써 놓고 나니 나는 참 할아버지를 많이 닮았다. 여행을 좋아하는 것도 그렇고, 도전을 멈추지 않는 것도. 돈 쓰기 좋아하는 것까지도 닮았다. 할아버지는 언제나 멋이 생명이라며 체크무늬 남방을 레이어

드하는 멋진 패션 센스를 뽐냈다. 사람 만나는 것을, 맛집 찾아다니는 것을 취미로 여기며 그 무엇보다 닮은 점은 일기를 단 하루도 거르지 않고 썼다는 것이다. 여기서 재미있는 지점은 일기를 일기장에 쓰지 않았다는 것이다. 뭐든 여백만 있다면 할아버지의 일기장이 되었다. 예를 들어 달력 뒤편이나 우리가 어릴 때 쓰다 버린 공책 등을 가리지 않고 어디에라도 썼다. 그래서 할아버지가 알래스카로 떠나고 나면 한국에 있는 할아버지 방에 들어가 일기를 찾고, 그 일기를 몰래 읽는 것이 나의 은밀한 취미였다. 그 덕분에 알지 못했던 할아버지에 대해서 많이 알게 되었다. 젊었을 때는 술을 너무 좋아했지만, 조금 나이가 들어서는 건강과 동양 철학, 그리고 중소기업 아이디어 물품들에 관심이 많았는데, 늘 어딘가에 홀려서 충동구매를 하거나, 마늘즙을 먹는다든가, 어디에서 뭘 하고 놀면 재미있다고 적혀 있었다. 일기에는 알래스카는 늘 적막하고 외롭다고도 쓰여 있다. 그래서 할아버지는 대부분 다른 도시에 가서 일하고 여행을 했다. 주변 당구장에 가거나, 일요일에는 가장 친한 친구가 목사로 있는 교회로 놀러 가거나 낚시를 하곤 했다. 그래서 나는 할아버지의 하루를 가끔 상상했다. 무엇을 먹고 무엇을 샀는지, 내일은 뭘 할 예정인지, 이름밖에 알 수 없는 할아버지들의 친구들과 논 이야기를 읽으며 할아버지가 없는 반년을 상상으로 채웠다.

유언을 들은 지 얼마 지나지 않은 시점에 할아버지는 급격하게 나빠졌다. 온 가족은 실시간 비상 사태에 돌입해 있었고, 나는 어쩔 수 없이 일상을 살고 있었다. 평일에는 회사에 다녔고, 주말에는 미국 사진을 모으고, 레고로 할아버지와 함께 보기로 했던 펭귄을 만들었다. 그리고 할아버지에 대한 편지 같은 시 한 편을 쓰던 도중에 엄마에게 전화가 왔다. 사실 이렇게 매일매일 할아버지만을 생각했지만, 할아버지가 호스피스 병동에 입원하신 뒤로는 뵌 적이 없었다. 무서웠다. 죽음을 마주하는 일은 너무 두려우니까. 미루고, 미루고, 미루고 있던 내게 엄마가 말했다. "소호야, 오늘이 할아버지의 마지막이 될 수도 있어. 내일 복수를 빼는 수술을 하는데 영영 깨어나지 못할 수도 있대. 그러니까 후회하지 말고 오늘 꼭 와." 전화를 끊자마자 나는 아무 옷이나 걸쳐 입었다. 두 마리의 레고 펭귄을 가지고. 다리가 후들거려서 병원까지 택시를 타고 갔다.

할아버지를 만났다. 할아버지는 이미 손쓸 수 없는 상태인 것 같았다. 온몸이 노랬다. 발과 손을 만지니 차가웠다. 눈물이 쏟아졌다. 내가 본 할아버지 모습 중 가장 무기력한 모습이었다. 할아버지는 늘 긍정적인 분이었다. 암이 재발했을 때, 건강히 병을 이겨 내겠다며 임플란트 시술을 했다. 꼭꼭 씹어 먹고 건강하게 이겨 내겠다고. 할아버지는 마지막까지 뭐든 챙겨 드셨다고 했다. 건강을 믿으며 삶의 의지를 불태우셨다고 했다. 적어도 일주일 전까지는. 그런데 그런 할아버지가 아무것도 드시지 않고 노랗게, 아주 샛노랗게 누워 계셨다. 그리고 내가 꺼이꺼이 울며 "할아버지……." 하고 부르자 조용히 내 손을 꼭 잡고 물었다. "넌 작가니까 많이 배웠으니까 내가 너에게 물어보마. 살 권리도 있다면 내게 죽을 권리도 있지 않니?" 삶의 의지가 강했던 분이 죽을 권리에 대해서 말하는 순간 나는 무너져 내렸다. 퉁퉁 부은 발을 어루만졌다. 육체란 얼마나 쓸모없는 것인가. 1인실 병동이 꽉 차서 입원한 다인실 병동에서 다른 할아버지들이 하나씩 실려 나갈 때 나는 할아버지가 느꼈을 공포를 생각했다. 할아버지는 지금 괴로운 것이다. 공포감이 든 것이다. 지금처럼 이렇게 사는 삶은 아무 소용도 없다고 생각한 것이다. 방금 전까지 울부짖던 사람들이 하나씩 병동을 떠나는 것을 보며 마지막 희망까지도 다 잃은 것이다. 내가 발을 만지며 너무 많이 울자, 이모가 어서 집에 가라고 했다. 마약성 진통제에 취해 계신 할아버지에게 인사를 했다. 할아버지 저 갈게요. 내일 또 올게요. 내일 봬요.

나는 남은 자들이 이기적이라는 생각이 들었다.

인사를 하는 동안에도 누군가가 또 들려 나갔다.

할아버지는 피곤하다고 하지도 않고 힘겹게 눈을 감았다.

집에 돌아와 나는 할아버지처럼 조용히 침대에 누웠다.

잠이 오지 않아 잠들 수 없었다.

잠은 마치 죽는 것 같은 기분이 든다.

내일이 없을 수도 있는 수많은 사람을 보고 온 날 나는 잠으로 잠시 죽음을 경험했다.

죽을 권리에 대해서 말하던 할아버지와 고비라는 말을 매번 듣는 가족들의 마음을 떠올리며.

영영 헤어지고 싶지 않으면서도 헤어져야만 긴 고통에서 벗어날 수 있는 우리는.

다음 날 알 수 없는 예감에 사로잡힌 채 음울한

표정으로 회사에 갔다. 회사에 있는 동안 한 통의 전화를 받았다. 점심시간을 막 앞둔 오전 11시 40분쯤 할아버지가 돌아가셨다. 세상에서 가장 다정한 나의 할아버지가 돌아가셨다. 어제 엄마의 예감대로 정말 마지막이었다. '내일 봬요'라는 약속은 지킬 수 없는 약속이 되었다. 레고로 만든 펭귄이 쓸모없이 옆을 지키고 있었다. 어릴 때 내내 펭귄을 같이 보러 가자고 말했지만 우리가 본 마지막 펭귄은 저 레고 펭귄이었다. 살아남은 나는 이별을 연습했던 힘을 내서 할아버지 방에 들어갔다. 앨범에서 가장 행복했을 때라고 생각되는 사진을 영정 사진으로 부탁했다. 처음으로 흰 핀을 꽂고 검은 한복을 입었다. 낮에는 우리를 위로하는 손님을 맞이했고 잠이 오지 않는 저녁에는 모여서 할아버지와 담긴 추억에 관해 이야기했다. 고통에서 벗어난 할아버지의 영혼은 지금 여행 중일 거라고 했다. 우리는 대부분 종교가 없었지만 그날부터 사후 세계를 믿게 되었다. 사후 세계가 없다고 믿을 수 없었다. 너무 사랑하니까. 사후 세계가 존재해야만 다시 만날 수 있으니까. 우리는 다시 만날 때까지, 할아버지가 거기서 자유롭기를 바란다고, 그렇게 말했다. 마지막으로 할아버지를 만날 수 있는 입관 절차는 처음 해 봤다. 내 인생에서 가장 많이 울었던 것 같다. 할아버지는 자는 것 같았다. 그러나 손은 너무 찼다. 가장 좋다는 삼베옷을 입은 할아버지는 어쩐지 어울리지 않았다. 체크무늬 남방이나 탄탄한 스웨터에 어그 부츠를 신고 "소리야." 하고 나를 부를 것 같았다. 찬 손을 붙잡고 진짜 마지막 말을 전했다.

"할아버지 시간까지 열심히 살게요. 좋은 글, 좋은 문장 쓰면서 할아버지 말씀 잊지 않을게요."

입관 후 바로 우리는 첫 제사를 지냈다. 나는 아주 어릴 적부터 알래스카에 사는 할아버지와 편지를 주고받았기 때문에 꼭 편지를, 편지 같은 시를 들려 드리고 싶었다. 그 시를 돌아가신 후 읽을 줄은 몰랐다. 할아버지가 쉽게 볼 수 있도록 큼지막한 폰트로 뽑았는데 결국 할아버지는 읽지 못하고 내가 읽어 드렸다. 온 가족이 오열하며 울었다. 우리 가족만 이해할 수 있는 단어로 점철된 그 시는 잘 쓰지도 못했고, 파일도 날아가 버려 종이 원본밖에 남지 않은 글이었다. 가족들이 하늘에서도 내내 그 글을 보실 수 있도록 같이 태우자고 했다. 할아버지가 화장터로 들어가실 때 시도 같이 넣어서 보냈다. 그 후로는 모든 일이 너무 짧게 진행되었다. 애도는, 삼 일은 너무 짧다. 그러나 살아남은 우리는 또 다른 날을 살아 내기 위해 삼 일 만에 파주로 갔고, 화장을 진행하고, 뼈만 남은 할아버지의 유골 사이에 있는 임플란트를 보고 말할 수 없는 기분에 휩싸였다. 임플란트는 할아버지가 태웠던 마지막 희망이었다. 그 희망이 우리 모두를 여기까지 불렀다.

장례 절차를 모두 마치고 슬픔에 지친 우리는 다 같이 집에 돌아와 할아버지의 유품을 나누어 정리하기로 했다. 우리는 멋쟁이 할아버지 옷을 나눠 가졌고, 그러다 숨겨진 상자 하나를 발견했다. 그 상자 안에는 많은 것이 들어 있었다. 사촌 오빠가 십 년 전에 첫 월급 기념으로 준 내복을 아직 뜯지도 않은 것을 발견했을 때 우리는 오열했다. 그러나 가장 큰 충격은 할아버지께 보냈던 국제 우편 뭉치를 발견했을 때였다. 손주 중에서 가장 오랫동안 편지를 보냈던 게 우리 자매였는데, 그걸 전부 다 가지고 계셨다. 편지 안에는 내가 초등학교 때 아주 작게 그린 한국행 티켓도 발견할 수 있었다. 너무 보고 싶으니까 이 종이 티켓을 써서 한국에 와 달라는 말이었다. 나는 할아버지가 한 장도 버리지 않고 가지고 있었던 편지 뭉치와 그 뭉치 뒤에 쓰여 있는 할아버지의 글귀를 보고 편지를 끌어안은 채 엉엉 울었다. 엄마가 시켜서 성의 없이 썼을 그 글들이 할아버지의 외국 생활에 유일한 행복이자 위로였다는 것을 그때는 왜 몰랐을까.

6590 Glacier Hwy Juneau, AK, United States 99801[1]

편지는 늘 이곳에서 왔다. 나는 인터넷 지도로 할아버지의 집을 찾아보았다. 그리고 일기를 따라 주변의 당구장이나 교회를 보며 할아버지의 일상을 그려 보았다. 지금도 가끔 나는 할아버지가 보고 싶으면 인터넷 지도나 사진을 본다. 우리의 추억, '소리'라는 이름을 되뇌어 본다. '소리'를 소리 내어 부르면 익숙해지지 않는 슬픔도 존재하는 법이라고, 할아버지는 지금도 알려 주고 있다. 9월 1일 유언을 남긴 그날. 할아버지의 마지막 일기 마지막 문장에는 다행히도 이렇게 쓰여 있었다. "기분 좋다."고.

나는 아직 완전한 애도의 방법을 익히지 못했다. 매일매일 똑같이 그립고 아직도 잘 보내 드리지 못했으며, 다시 만날 날을 손꼽아 기다린다. 어떤 방식으

---

[1] 현재 누군가 실제로 살고 있을지 모르기 때문에 가상의 주소로 대신한다.

로든 만나게 된다면 할 말을 매번 되뇌며. 나는 어린 날 편지라는 글을 어떻게 시작하는지 몰라, 늘 똑같이 시작했던 바로 그 문구로 인사를 연습한다.

할아버지 안녕하세요.

손녀 소리예요.

그동안 잘 지내고 계셨어요?

파티션 블루스

'이소호' 대신 유일하게 관심을 가졌던
'시 쓰는 또라이 예술가'는 너무나 잘 지내고 있다

Intro—입사

인생에서 저질렀던 가장 커다란 실수를 꼽으라면 입사를 꼽을 것 같다. 그리고 두 번째 실수를 꼽으라고 한다면 입사 일주일도 되지 않은 나에게 밤샘 야근을 시킬 때 그만두지 않았던 것이다. 세 번째 실수는 입사 석 달째에 다른 사원 몇몇이 작정하고 업무 데이터를 지우고 잠수를 탔을 때 나도 못 하겠다고 말하는 용기를 보이며 과감하게 그만두지 못했던 것이다. 생각해 보니 온 우주의 기운이 내게 몇 번의 위기 신호를 보내왔다. 취업 사이트 최악의 별점에 빛나는 회사였지만, 설마 이 정도까지는 아닐 거라고 생각했다. 그러나 돌이켜 보면 앞서 나열한 일들은 그나마 나은 일들이었다. 회사 생활 내내 나를 진정으로 괴롭혔던 것은 면접 때 인사 담당자의 질문에 대한 나의 대답이었다. "이소호 씨는 왜 대학원에 갔어요? 대학원 다니느라 경력이 비는데, 혹시 이유가 있나요?" 나는 잠시 망설이다가 "문학 공부를 하러 갔습니다."라고 솔직하게 말했다. 인사 담당자는 피식 웃으며 "문학이 뭐 공부할 게 있어요? 논문도 안 써서 수료인데."라고 말했는데, 뭐라 표현할 수 없을 정도로 기분이 나빴다. 잘 알지도 모르는 사람에게 내 삶을 후려치기 당한 기분이었다. 인사 담당자가 본 내 이력서의 허점은 십여 년을 공부했던 문학이었다. 광고 회사의 콘텐츠 담당자를 뽑으면서도 문학을 너무 많이 공부한 사람은 굳이 뽑고 싶지 않았던 모양이다. 어쨌든 나는 생활인이었고, 매달 나가는 카드값을 메꾸기 위해서 당장 직장이 필요했다. 그래서 이렇게 답했다. "네. 논문은 안 썼지만, 시인으로 등단은 했습니다."

바로 이 대답이 최악의 실수였다. 내가 시인이라는 사실은 직장에 다니는 내내 내 발목을 붙잡았던, 최악의 답변이었기 때문이었다.

Track 1 ─ 이 주임

나는 지난 광고 회사의 경력과 석사 수료 학력

이 인정되어 사원이 아닌 주임으로 회사 업무를 시작했다. 우리 팀은 팀장, 대리, 주임, 그리고 사원 두 명이 있는 콘텐츠 팀으로 광고 홍보 콘텐츠를 제작하는 곳이었다. 말이 좋아 콘텐츠 제작이지 광고 회사에서 할 수 있는 온갖 잡일을 맡았던 팀이었다. 본래 멀쩡한 광고 회사들은 AE(Account Executive)를 두고 광고 일을 제안하는 팀이 따로 있고, 제작 팀은 CD(Creative Director)를 필두로 일을 한다. 그리고 제안한 광고를 실제로 제작한 후에 그에 따른 효과가 어느 정도였는지 정리하여 광고주에게 보고하는데, 이 모든 일은 한 팀이 감당할 수 없을 정도로 업무 강도가 세기 때문에 세세하게 분담되어 있다. 그러나 우리 회사는 작은 인력으로 큰 수익을 내고 싶었는지, 제안과 제작 일을 따로 나누지 않았다. 그냥 광고주별로 각각의 기업을 나누고, 그 기업의 전담 직원을 뽑았다. 전담 직원은 제안도 하면서, 대기업 홍보팀이 올려야 하는 보고서를 대신 작성해 주는 등 어마어마한 갑질을 겪었다. 그러나 나의 노력과 인내에도 불구하고 떠나는 광고주가 몇몇 생겼고, 내부에서는 회사가 많이 어려워졌으니 새로운 광고주를 따 오라면서 PPT 제안서도 만들게 했다. 이상했다. 회사 내에서 매번 밤을 새우며 고강도의 업무를 수행하는 팀은 우리 콘텐츠 팀밖에 없었지만, 언제나 콘텐츠 팀은 냉대받았다. 사장은 늘 우리에게 와서 '글은 누구라도 쓸 수 있고, 너희는 언제든지 다른 사람으로 대체될 수 있다'며 으름장을 놓았다. 그러다 심사가 뒤틀려 누구에게라도 시비를 걸고 싶은 날에는 가끔 내게 와서 말을 걸었다. "이 주임 너 시 쓴다며? 시 쓴다고 놀지 말고 회사에서는 성실하게 일해. 누가 너 같은 예술가를 써 주냐. 뉴스 봤지? 이 주임은 우리 아니었으면 굶어 죽었을 거야. 안 그래?"

Track 2—수학자의 식대

서울의 물가는 비싸다. 회사 근처에서 점심을 먹으려면 평균 팔천 원이 든다. 그러나 이것은 아주 오래되어 비위생적이고 맛없는 일반 백반을 포함한 가격이다. 회사원에게 점심시간에 부리는 사치는 유일한 즐거움이다. 특히 갑을 관계가 뚜렷한 광고 대행사에서는 점심 특선 초밥 정도는 먹어 줘야 일할 맛이 난다. 그게 불가능하다면 만 천 원짜리 목살스테이크 정도는 먹어 줘야 한다. 아니다. 스페인 가정식이나, 영양솥밥이라든가 소갈비 정도는 먹어 줘야 한다. 점심에 돈을 많이 쓸수록 일의 능률은 올라간다. 월급은 오르지 않지만 그렇지 않으면 일할 맛이 전혀 나지 않기 때문에 나는 점심 식사에는 돈을 아끼지 않았다. 그러나 저녁을 먹게 되면 큰 문제가 생겼다. 야근을 하게 되면 약 팔천 원짜리의 음식을 먹고 우선 내 카드로 긁고 한 달 뒤 영수증 처리를 해야 한다. 문제는 야근이 거의 매일 있었다는 것이다. 사장님은 퇴근 후 집밥을 먹어서 그런가, 전혀 느끼지 못하고 있기에 다시 한번 강조하자면, 회사 근처 식당들의 비싸다. 그냥 비싼 게 아니라 허벌나게 비싸다. 그 비싼 게 저녁이 되면 더욱 비싸진다. 저렴한 가격에 제공하던 점심 특선 따위는 사라지고 자리 나기를 기다리다가 맛을 느낄 새도 없이 한 시간 안에 뚝딱 먹고 나와야 한다. 미안하지만 저녁에 팔천 원으로는 선택할 수 있는 음식은 거의 존재하지 않는다. 그냥 내 돈을 내고 밥을 먹어 가며 저녁 야근을 해야 한다.

그리고 또 한 가지, 믿을 수 없겠지만 우리 회사는 야근 수당이 없다. 근로 계약서를 작성하며 "광고 회사는 다 그런 거"라고 하길래, "그럼 야근이 어느 정도 있냐"고 물었더니 "요즘 시대에 무슨 야근이에요. 아무리 늦어도 7시 30분이면 퇴근이에요." 하여 믿고 서명했다. 원래 갑의 말은 다 뻥이라고 그랬는데, 누굴 탓하랴. 믿은 내가 멍청이였다.

아무튼 불공정 근로 계약서에 서명한 나는 무엇이라도 받아 내야 했다. 대리님이 말씀하시길 야근을 하면 대신 택시비가 나오니 교통비는 걱정하지 말라고 했다. 하지만 야근을 해 보니 그 택시비라는 것이, 11시 59분에 퇴근하면 안 나오고, 밤 12시 이후에 지문이 찍혀야만 나온다고 했다. 당시 회사는 우리 집과는 엎어지면 코 닿을 거리로, 할증이 붙어도 티가 나지 않을 정도로 택시비는 너무 쌌다. 나는 억하심정으로 내가 일한 만큼 보상을 받고 싶었다. 택시비는 곧 야근 수당이라고 생각했다. 회사에 더 많은 돈을 청구하고 싶었다. 그래서 고민 끝에 카카오 블랙을 타고 퇴근했다. 밤 10시 40분쯤 일이 끝나도 회사에서 버티다가 12시가 되면 지문을 쿡 찍고 오래 데친 나물처럼 곤죽이 된 채로 벤츠를 타고 퇴근했다. 그것이 내가 할 수 있는 가장 소심한 복수였다.

Track 3—동료라는 이름의 타인

아침 9시부터 저녁 6시, 혹은 그 이후. 우리는 가장 좋은 친구다. 하루를 나누자면 가족보다 연인보다 회사 동료와 더 많은 말을 한다. 어제 본 뉴스와 드라마처럼 가벼운 주제는 물론이고 상사 험담과 일상, 원래 전공은 무엇이었는데 어쩌다가 이 거지 같은 회사에 오게 되었는지, 그리고 퇴사를 하면 가장 하고 싶은 일은 무엇인지 등등을 매일 나누었다.

내가 입사 육 개월이 되었을 무렵, 동료 사이가 친밀해졌다고 느낀 바로 그 무렵에 우리가 하는 이 말은 알맹이 없이 겉도는 이야기로 수렴한다는 것을 알게 되었다. 몇몇과는 조금 더 많은 것을 바랐으나 결국 직장 동료가 나눌 수 있는 최대한의 주제는 딱 그 정도였기 때문이다. 마치 신데렐라처럼 우리의 관계는 저녁을 기점으로 툭 끊어진다. 거기엔 두 가지 이유가 있다. 우리는 당연히 내일 만날 것이기 때문이거나, 직장 동료와는 마음을 나누어 봤자 결국에는 쓸데없다는 생각을 품고 있거나.

어쨌거나 어느 순간부터 나는 동료 이상이 될 수 없는 사람들과, 쓸데없는 말에 장단을 맞춰야만 하는 점심시간이 굉장히 불편하다고 느끼기 시작했다. 업무적으로 필요한 말만 나누고 싶었다. 나에 대한 과도한 질문도 싫었고 맞지도 않는 공통점을 찾아 가면서 대화하는 것은 감정 낭비라고 생각했다. 그 시간이면 뉴욕에 있는 절친한 언니가 막 잠자리에 들 시간이고 나는 차라리 점심 때 밥을 먹으면서 언니와 화상 통화하는 것이 업무에 기분 좋은 원동력이 될 것이라고 생각했다.

처음에는 동료들도 많이 당황했던 것 같다. 매일 어디를 가냐며 식사 함께 하자고 제안도 많이 해 주었다. 그러나 내가 끊임없이 거절하자 나는 점점 없어도 되는 사람이 되었다. 퇴사할 때쯤에는 이런저런 일이 겹쳐 나는 자발적 왕따가 되었고 늘 그렇듯 점심시간 근처 고급 쇼핑몰에서 홀로 칼질을 하고 돌아와서 저녁이 되면 인사를 하고 집에 갔다. 그 어떤 퇴사 파티도 없었다. 나는 친구는커녕 일반 동료도 되지 못했다. '이상한 이주임.' 그게 내 마지막이었다. 나의 회사 생활은 굉장히 사회적이지 못했다. 그때는 그게 별일 아니라고 생각했다. 거리를 먼저 둔 것은 나였으니까. 그래서 아쉽지도 괴롭지도 않았다. 하지만 지금 생각해 보면 전혀 그럴 필요가 없었다. 남들처럼 적당히 거리를 유지하기만 하면 됐었다. 언제나 동료로서 예의를 지키지 못한 건 내 쪽이었다.

Track 4—불공정 회의

이유는 알 수 없지만 그 광고 회사는 쓸데없는 회의가 아주 많았다. 그리고 그 회의는 모두 PPT를 기반으로 작성되고, 만들어 본 사람은 알겠지만 PPT는 만드는 데 시간이 어마어마하게 많이 걸린다. 그리고 회사에서 원래 해야 할 일도 많아 죽겠는데 각자의 아이디어 역량을 보겠다며, 새로운 SNS 채널 개설에 대한 아이디어 제안서를 가져와 보라고 한다. 그럼 우리는 임원들 앞에서 각자 하나씩 PPT를 또 따로 만들어 발표해야 한다. 물론 가끔 칭찬도 들었지만 기대에 미치지 못했다고 생각했을 때 가장 내가 많이 듣는 말은, "이 주임은 시를 쓴다더니, 아이디어가 하나도 새롭지 않네."와 같은 말이었다. 다른 직원들에게는 아이디어를 보강하라거나, 그냥 제안서 자체에 대한 막말뿐이지만 나에게는 달랐다. 시와 광고 회사에서 요구하는 상업적 아이디어가 무슨 관련이 있는지 전혀 모르겠거니와, 임원들이 바라는 트렌드는 젠더 감수성도 없고, 생각 자체가 너무 촌스러워서 망하기 일보 직전이었다. 그들은 이 시대를 전혀 자각하지 못하고 있었다. 자신의 이해력 부족을, 나를 비롯한 콘텐츠 팀의 탓으로 돌리고 있다고 생각하니 여러모로 화가 났다. 무엇보다 업무 능률이 생각보다 나오지 않는 것은 전부 내가 시를 쓰고 있기 때문이라고 생각하는 것 같았다. 이쯤 되면 내가 무엇만 하면 사사건건 시를 언급한다고밖에 볼 수 없었다. 가장 웃긴 부분은 그때의 나는 청탁이 거의 없어서 시인으로서 가장 자존감이 떨어지던 시기였다는 것이다. 문단에서는 내가 시인인 줄도 모르는 사람이 수두룩한데, 회사에서만 진정으로 시인이었다. "뽑아 놓고 보니, 시인이라고 뭐 별거 없네."라는 말을 들을 정도로 회사 내에서 '이 주임'보다 '이소호 시인'의 영향력은 거대했다.

Track 5—마감과 마감이 만났을 때

나의 자리는 이사님 바로 앞이었다. 다행히 이사님은 대학원에 다녔기 때문에 오전에는 출근하지 않았다. 나는 회사 내의 유일한 골칫덩어리 시인이라, 유튜브는 볼 수 있어도 한컴오피스도 켤 수 없고, 책도 읽을 수 없었다. 불행인지 다행인지 광고는 아무리 마감이 급해도 회사끼리 서로 검토하는 시간이 필요하기 때문에, 하염없이 연락만 기다리는 시간이 있다. 그 때문에 야근을 하는 경우도 왕왕 생기므로 오늘 나는 집에 가서 글을 쓸 수 있다고 장담할 수 없었다. 이사님이 대학원 강의로 출근하기 이전, 광고주에게 연락하고 광고주가 피드백을 주기 이전, 오직 그 시간만이 나의 유일한 작업 시간이었다. 나는 허겁지겁 메모장에 시를 썼다. 업무가 없을 때면 아침 9시부터 11시까지는 몰래 시를 썼다. 그때 쓴 시는 내 시집 『캣콜링』의 4부 '경진 현대 미술관' 연작이 되었다.

여담인데 한 인터뷰에서 내게 "회사에 다니며 시인 생활을 하는 게 가능했냐"고 물었을 때 나는 "회사에서 시인이 되던 그 순간은, 파티션 밑에서 가장 가슴 졸이는 일이었다."고 답했다. 그 답은 인터뷰에는 반영되지 못했다.

Track 6—금요일

금요일은 회사에서 지정한 대청소의 날이다. 자신의 자리와 회의실, 화장실을 정리하고 분리수거를 하는 간단한 일이다. 청소를 마치면 아무리 늦어도 6시 20분이 된다. 청소는 마치는 대로 사장님이나 이사님께 "즐거운 주말 보내세요." 혹은 "이만 들어가 보겠습니다." 하고 퇴근하면 되는데, 누가 일 번으로 인사를 하느냐는 굉장히 예민한 문제다. "너 정말 깨끗하게 청소했어?"라고 묻거나 "매번 일 등으로 집에 가네."와 같은 비아냥을 들어야 했기 때문이다. 하지만 나는 일 등으로 인사하는 것을 주저한 적이 없었다. 6시 10분쯤 나는 당당하게 문을 열고 말했다. 왜냐면 나는 청소를 다 했으니까. 당당하게 말할 수 있었다. "이만 들어가 보겠습니다." 내가 인사하자, 처음에는 "어 그래. 잘 가."라고 대

245

답하던 사장님은 몇 주 뒤 이렇게 말했다. "이 주임은 금요일마다 작가들끼리 어디 좋은데, 가나 봐."

Track 7—회식

사장님은 소주가 아니면 술이 아니라고 생각했다. 내가 회식 날 '난 맥주밖에 마시지 못한다'고 말하자 그런 게 어디 있냐며 자신이 마시던 맥주잔에 소주를 가득 따라 주었다. 그리고 빨리 마시라며 억지로 내 입술에 가져다 댔다. 내가 다 마셔야 이제 자신이 마실 수 있다며, 너 때문에 다른 직원들도 술을 따라 줘야 하는데 못 마시고 있는 거라며 빼지 말고 빨리 마시라고 화를 냈다. 나는 겁에 질린 채 소주를 마셨고, 화장실에서 몇 번의 구토를 했다. 그리고 구토를 한 뒤에 또다시 소주를 들이미는 사장님께 다시 한 번 거절 의사를 밝혔으나 아까도 마셨는데 무슨 소리냐며 억지로 마시게 했다. 나는 제발 맥주라도 섞게 해 달라고 빌어서 소맥을 마시고, 다시 화장실로 가서 구토했다.

Track 8—연말 정산

12월이었다. 회사 단체 창에서 한 통의 메일이 도착했다. 일 년을 마무리하는 기념으로 회사에 불만이 있으면 적으라는 것이었다. 익명은 보장되며 회사의 앞날을 위해서 사원들의 마음을 알고 싶은 것뿐이니 편히 적었으면 좋겠다고 쓰여 있었다.

생각나는 대로 써 보자면 아래와 같다.

"이 직장은 일단 광고 회사임에도 불구하고 임원들의 생각이 너무나 보수적이며 시대착오적이다. 고압적으로 직원을 대한다. '야', '너'가 아닌, 직원의 직함이나 이름을 불렀으면 좋겠다. 젠더 감수성을 요구하는 직원을 예민하게 보지 말 것이며, 평생의 상처가 될 수도 있는, 특히 여성 직원의 외모에 대해 지적하지 않았으면 좋겠다. 그리고 임원 나름대로 직원의 특징을 하나 잡아서 한 사람을 편협한 시선으로 보는 것도 그만두어야 한다. 유학파 직원에게는 국가 이름으로 부른다든가, 사는 곳으로 기억하는 것은 굉장히 무례한 일이다. 한 명의 직원에게 어떤 일이 일어났을 때 그것이 실수이든 성과이든 자신이 포착한 '특징'으로 획일화하는 것을 그만두지 않으면 분명한 편견이 된다. 편견을 가진 임원들 아래서 직원은 아무것도 할 수 없다.

이제 급여 이야기를 해 보겠다. 우리 회사의 유일한 장점은 연차 대비 대기업 광고주와의 단독 커뮤니케이션을 할 수 있다는 것이다. 그것 하나 때문에 많은 직원들은 여러 가지를 참으며 다니고 있다. 급여가 동종 업계에 비해 많지 않다는 것을 이미 알고 입사했다면, 적어도 워라밸은 분명하게 보장되어야 한다. 회사가 분명하게 퇴근 시간을 지켜 주지 못한다면 노동자에게는 그만큼 돈으로 보상해 줘야 한다. 근로 계약서는 을이 업무를 제공하면 갑이 합당한 돈을 주겠다고 적힌 합법적 서류이다. 신뢰와 사랑이 아닌 분명한 보상이 필요하다. 그렇지 않다면 노동자는 업무 능률을 키워야 할 의무가 없다. 나는 이 회사에 다니며 야근이 너무 많아 오랫동안 다니고 있던 요가 학원을 그만두라는 권유를 받았다. 퇴근 후의 취미 활동도 즐길 수 없고, 심지어 퇴근 후 심리 상담 센터에 갔다가 다시 일하기 위해 저녁에 회사로 돌아와야 했다. 하지만 회사에서는 놀랍게도 단 하나의 보상도 해 주지 않았다. 그냥, 일에 좀 더 집중하라는 잔소리만 들었다.

더불어 잦은 회식이 커다란 복리 후생이라고 생각하겠지만 소주만 강요하는 회식을 하러 가고 싶은 직원은 단 한 명도 없다. 2차를 강요하고 나서 늦은 밤 택시비를 챙겨 주는 것도 아니고, 어차피 사적인 이야기를 늘어놓아 봤자, 이후 업무 실수가 있을 때 꼬투리 잡힐 게 뻔하니 직원들은 말 한마디 뱉기가 두렵다. 그러니까 진정으로 사내 분위기를 좋게 하고 싶으면 억지로 북한산에 데려가거나 각자 PPT로 자기소개하기 따위를 시키는 대신 점심에 정말 맛있는 음식을 사 주었으면 한다. 그리고 전체 회식 말고 팀 회식을 진행할 때 각 팀에 돈을 너무 적게 줘서 언제나 팀원들이 돈을 갹출한다는 점도 분명히 하고 싶다. 회식은 내 돈을 내는 그 순간부터, 퇴근 후에 지속되는 공적 자리일 뿐이다. 노동자에게 수당이 없으면 업무 외의 의무는 존재하지 않는다."

다음 날 회사는 발칵 뒤집어졌다.

Track 9—모욕 사전

사장이 보란 듯이 우리 팀에 와서 말을 걸었다.

"야, 술 마시자고 말하는 게 그렇게 싫었냐?"

이사는 갑자기 전체 직원을 집합시켰다.

"너희들 진짜 웃긴다. 맞춤법도 모르고 처음엔 PPT, 엑셀도 할 줄 몰라서 어디서 취업도 안 되는 놈들 우리가 이렇게 키워 주고 있는데, 그럼 '고맙습니다' 하고 다니면서 배우려는 자세로 노력을 해야지. 다들 지들이 잘나서 여기 다니는 줄 아네?"

Outro─퇴사

일 년 하고도 한 달이었다. 나는 그 회사를 네 번째로 가장 오래 다닌 사람이 되었다. 퇴사하겠다고 말을 하고, 속전속결로 짐을 싸서 우체국에 부치고 아무에게도 인사하지 않았다. 원래 항의의 과정은 정의롭고 결말은 처참하다. 연말 투쟁에서 내가 배운 게 있다면 나는 앞으로 영원히 회사원이 될 수 없다는 것과 다시는 회사에서 시인이라고 말하지 않겠다는 것이다. 물론 회사에서 나는 사회적이지 못하고 기대에도 미치지 못하는 직원이었다. 인정한다. 퇴사한 지 몇 년이 지난 지금도 나는 그 회사를 떠올리면서 그런 생각을 한다. 나는 콘텐츠를 만드는 사람이 아니라, 회사를 잠시 거쳐 간 '이소호 시인'에 불과하다는 것을.

생각한다. 내가 시를 쓴다고 말을 한 순간부터 '이 주임'은 애초에 존재하지 않았음을.

생각한다. 회사는 지금 그렇게 궁금해하던 '이소호 시인'이 뭘 하고 지내는지 알까. 아마도 내가 회사 생활에 대한 글을 쓰고 있다는 사실조차 모를 것이다. 나의 안부를 전하자면, 모두가 불가능할 것이라 말했지만 나는 아주 성실하게 전업 시인의 삶을 견디고 있다. '이소호' 대신 유일하게 관심을 가졌던 '시 쓰는 또라이 예술가'는 너무나 잘 지내고 있다. 올해로 '이 주임'이 죽은 지는 벌써 오 년이 되었고, 더는 돌아갈 일도 없는, 이제 우린 너무 오래된 타인이다.

안전거리 확보[1]

사건이 성립되려면 어떻게 되어야 하냐고 물었다.
물리적으로 무슨 일이 생겨야 한다고 했다.

#1—현재

2021년 나의 첫 번째 트위터는 호소문으로 시작하였다. 아주 오랜 고민 끝에 올린 글이었고, 최대한 그분의 명예를 훼손하지 않는 선에서 '현재 지속적인 괴롭힘을 당하고 있다. 살려 달라. 괴롭다'고 굉장히 모호한 트윗을 게시했다. 내가 개떡같이 말을 했지만, 언어의 내부를 찰떡같이 파악한 트위터 유저들 덕분에 먼 곳까지 널리널리 소문이 뻗쳐 그 글을 읽은 많은 동료가 진심으로 나를 위로하고 걱정했다. 내 성격을 잘 아는 가까운 동료가 조심스레 물었다. "보복하면 어떻게 해?

---

[1] 이 글은 모두 시인 이소호로서 겪은 일을 바탕으로 재구성하였으며 이 글에 등장하는 지명, 인물의 성별, 종교 등은 실제와 관련이 없다.

세상은 우리를 지켜 주지 않잖아." 나는 "모르겠어, 그런데 내가 이렇게 가만히 있으면 나는 계속 이런 일에서 벗어나지 못할 것 같아. 이게 얼마나 심각한 범죄인지 사람들이 다 같이 화를 내는 모습을 그 사람이 내 트위터를 통해서 봐야 한다고 생각해."라고 말했다. 그렇게 내가 용기를 냈기 때문이었을까. 거짓말처럼 가장 강력한 스토커 닉네임 '만쥬1'과 '만쥬2'의 메시지가 툭 끊겼다. 물리적으로 내가 그 트위터를 차단한 탓도 있겠지만, 솔직히 말하자면 나는 차단을 누르는 것 말고는 할 수 있는 게 없다. 독자라는 탈을 쓴 이상한 사람들로부터 끊임없이 인내심의 한계를 시험당하는 나는, 그 앞에서 말 그대로 힘없는 여성 작가일 뿐이다. 그렇기 때문에 차단에도 어마어마한 용기가 필요하다. 우선 그가 내 글과 교감하고 소비하는 독자라는 귀한 위치에 있다는 점도 있지만, 독자와 작가가 아닌, 여성과 남성으로 나눈다면 나는 언제든지 보복당할 수 있기 때문이다. 눈을 감으면 지금도 불현듯 나쁜 생각이 든다. '그 사람이 어느 날 내 행사에 나타나서 분노를 표출하면 어떻게 해야 하지?' '지금 이 글도 우리 둘만의 이야기나 암호라고 생각하면 어떡하지?' 나는 여전히 혼란스럽다. 지금 드러난 것은 사실 빙산의 일각이다. 제2의 만쥬는 앞으

253

로 새로운 모습으로 나타날 것이다. 만쥬3, 만쥬4의 싹이 보이는 독자가 벌써 내 트위터에 도사리고 있다.

만쥬의 탄생에 대해 말해 보자. 만쥬는 이렇게 만들어진다. 처음은 말을 거는 정도다. 가벼운 대화. '좋아요'에서 '멘션'으로 넘어가고 멘션에서 메시지로 넘어가는 것. 평범을 가장한 독자와 작가 사이처럼 보이지만 그들의 글은 미묘하게 다르다. 자신이 얼마나 위대한 사람인지 과시하거나, 나에게 혼자 너무 과몰입하여, 우리가 마치 고통을 나누어 가진 고통의 공동체라고 생각하기 때문에 말도 안 되는 위로를 자주 듣는다. 내 고통보다 그 사람이 해석한 고통이 너무 거대해서 가끔 부작용으로 낭독회에서 일부 팬에게 "왜 이렇게 밝냐?"는 짜증이 섞인 질문을 듣기도 한다. 마지막으로는 무조건적인 사랑이다. 우리는 이미 서로 마음을 확인했고, 우리가 연애한다고 믿는 것이다. 나의 무대응을 그는 우리의 사랑이 들키면 안 되기 때문에 조심하는 제스처로 받아들이고 믿는다. 이렇게 만쥬 씨가 탄생한다. 그가 처음 휴대 전화 번호를 남기고 불만 있으면 차단하라고 다짜고짜 혼내듯이 메시지를 보냈다. 그러나 차단도 반응의 일부로 비추어진 적이 많았기에 나는 다년간의 노하우로, 가만히 있었다. 하지만 만쥬는 그동안 들러붙는 스토커와는 다르게 뭔가 비범했다. 본인의 글을 읽어 달라고 하면서 정작 그는 비공개 계정이었다. 뭔가 이상하다고 생각했다. 행동의 호응이, 맞지 않는다고 생각했다. 더 엮이면 안 될 것 같아서 나는 만쥬 씨를 그대로 두었다. 그렇게 만쥬는 여러 트위터의 어그로들처럼 잊히는 듯했다.

그러나 2020년 12월 만쥬는 다시 메시지를 보내기 시작했다. 만쥬는 오십 대 후반의 남자로 글을 쓴다고 말했다. 일방적인 소개였지만 나는 그의 상태를 짐작할 수 있었다. 그는 한 달에 한 번 오던 메시지가 주에 한번, 이틀에 한 번으로 점점 잦아지며 망상의 전개도 점점 빨라졌다. 자신이 나를 사랑한다고 말하다가, 사실은 나도 사랑하고 있다는 내용으로 바뀌고 있었다. 처음 가족에게 털어놓자 "뭐 그런 걸 일일이 신경 써. 차단하면 그뿐이야. 신경 쓰는 네가 바보."라는 소리나 들었다. 그리고 고민 끝에 나는 만쥬의 트위터를 차단했다. 그러나 역시 내 예상대로 다음 날 두 번째 트위터 아이디로 연락이 왔다. 그는 내게 청혼했다. '정중히'라는 단어를 붙여서 깜빡 속을 뻔했지만, 일방적이고 폭력적으로 정중히, 청혼했다. 그래서 나도 여기다 적는다. 정중히 거절한다. 당신의 청혼을.

#2─회상

　2011년 내가 트위터를 막 시작했을 때는 소셜 미디어에 큰 재미를 느끼던 시절이다. 당시 나는 SNS로 친구를 사귀는 일이 굉장히 신비로운 일이라고 생각했다. 관계의 지평을 넓혀 갈 수 있다는 것, 분야가 다른 친구들을 쉽게 사귈 수 있음에 어쩔 줄 몰랐다. 그때쯤이었던 것 같다. 어떤 트위터 유저가 내 글에 모두 리트윗이나 마음을 찍었다. 나는 그가 나의 모든 글에 관심이 있다고만 생각했다. 그러나 우연히 그 사람의 트위터 타임라인에 들어갔을 때 경악을 금치 못했다. 그는 내 모든 타임라인을 자신의 타임라인으로 옮기는 작업을 하고 있었다. 그 자체로 소름이 돋았다. 진짜 문제는 그 다음부터였다.

　　그 남자는 부산에 살고 안드로이드 휴대 전화를 사용하는 것 같았다. 내 모든 글을 리트윗하며 자신만의 이야기를 만들어 살을 붙이고 있었다. 내용은 굉장히 구체적이었는데, 당시 내 나이가 스물세 살이었는데도 불구하고 나와 그의 사이에는 딸이 둘 있다고 한다. 그리고 내가 트위터에 올린 셀카 사진 밑에 "아기 엄마인데 가정을 소홀히 하고 집을 나가서 이렇게 서울에서 잘 살고 있다."고 적는, 망상에 빠진 사람이었다. 그 글을 발견하자마자 너무 끔찍하여 계정을 차단하자 그는 아이디를 다시 만들어 "또 도망가지 마라. 당신을 찾느라 너무 힘들었다."고 읍소했다. 나는 또 그를 차단했다. 그러나 우리 사이에 있지도 않은 아이를 찾는 열정적인 아버지였던 그는 새로운 아이디를 또 만들어 "이제 그만 집에 돌아오라."며 나를 괴롭혔다. 이번에는 방향을 바꿔서 내 친구들에게 멘션을 보내기 시작했다. 애 엄마를 부산으로 돌려 달라고. 내가 안 되니 친구들을 괴롭히기로 한 것이다. 그는 곧 나를 찾아올 것 같았다. 그가 "서울 ○○구에 사는 것까지는 알겠다."고 말했고 나는 그제야 허겁지겁 내 타임라인을 훑어보았다. SNS에서 친구를 사귀어보고 활동을 하겠다고 포스팅 하나라도 더 올리고 싶은 욕심에 나도 모르는 사이에 너무나 많이 나 자신에 대한 정보를 업로드한 것이다. 당시에는 스마트폰이 막 보급되던 때라 도장 찍기처럼 어느 동네에서 활동을 자주 하며, 어느 가게에 갔다고 소셜 미디어에 공유할 수 있었다. 그 앱에 푹 빠져 있던 나는, 나도 모르는 사이에 위험에 빠진 것이다. 그 정보만 활용한다면 그가 나쁜 마음을 먹고 언제든지 우리 가족과 나를 음해할 수도 있다고 생각했다. 겁이 난 나는 허겁지겁 택시를 타고 경찰서에 가서 신고했다. 내가 사건을 설명하며 두려움으로 눈물을 보이자, 경찰 아저씨가 내게 말했다.

"아가씨, 누가 보면 사람이 죽은 줄 알겠어요."

#3—회상

집에 와 나는 온라인 스토킹에 대해서 찾아보았다. 우선 증거가 가장 중요하다며, 증거를 모아서 그대로 제출해야 한다는 사실을 알게 되었다. 나는 눈물을 닦고 증거를 모으기 시작했다. 친구들에게 제보를 받고 보기 싫은 그 끔찍한 망상을 스스로 읽으며, 캡처한 사진을 시간 순서대로 정리해서 사이버 수사팀에 넘겼다.

파일을 읽던 수사관은 이렇게 말했다.

"아…… 트위터……. 찾기 힘든데……. 일단 못 찾는다고 생각하는 게 편해요, 아가씨. 외국 기업은 협조를 잘 안 해 줘. 그리고, 증거를 이렇게 많이 모아 오셨지만, 나머지는 이름이나 지칭이 직접적으로 없기 때문에……. 본인 사진이 들어간 이것만 정확하게 괴롭힘을 당한 거라서요. 아마 명예훼손죄 하나밖에 안 될 겁니다. 이 수십 개의 게시물 중 단 하나에 대해서만요."

며칠 뒤 어차피 잡을 수 없을 것 같으니 수사 종결을 요청해 달라는 전화가 왔다.

나는 알겠다고 말했다.

#4—현재

"SNS를 좀 쉬어 보는 게 어때요?"

"그런 놈들은 신경 쓰지 마세요. 어차피 오프라인에서는 찌질이들이에요."

아마도 나를 생각해서 하는 독자들의 위로였을 것이다.

그러나 나는 이 글을 읽고 너무 슬퍼졌다.

SNS를 쉬어야 할 사람은 피해자가 아니라 가해자다. 고통받는 것으로부터 거리 두기를 하라는 말 같은데, 이것은 해결책이 될 수 없을뿐더러 고통의 논점에서도 벗어난 일이다.

오프라인에서 가해자가 어떤 모습으로 나타날지는 중요하지 않다는 것. 내가 불특정 다수에 대해 불안해할 수밖에 없다는 것. 그로 인해 나는 나의 생계인 이번 계절의 강의를 포기했고, 오프라인 온라인을 막론하고 나에게 너무나 큰 힘이 되어 주는 선량하고 다정한 독자들에게까지 두려움을 안겨 주었다는 것. 그것이 죄다.

#5 — 회상

한때 나는 사진 찍는 게 취미였다. 난생처음 산 미러리스 카메라를 들고 다니며 이것저것 찍는 것을 좋아했는데, 10월 말 서울 불꽃 축제가 있는 날이다. 우리도 다른 연인들처럼 일찌감치 자리를 잡고 불꽃 사진을 마구 찍었다. 당시 최신형이었던 내 카메라는 불꽃을 아주 선명하고 아름답게 담아 냈다. 붉고 환하게 터지며 쏟아지던 불꽃 사진이었다. 나는 가장 예쁘다고 생각했던 사진 몇 개를 추려 그날 바로 애인에게 보내 주었고 애인 역시 그 사진이 마음에 들었는지 자신의 폐쇄적인 SNS에 올렸다. 나는 그 사진에 좋아요를 눌렀다.

몇 달 뒤 SNS 메신저 친구 추천에 내가 찍은 불꽃 사진을 프로필로 한, 처음 보는 이름을 발견했다. 나는 애인에게 물었다.

"오빠, 이거 내가 찍은 사진 아냐? 오빠 이 사진

다른 데 보내 준 적 있어?"

"아니, 나는 아무 데도 보내 준 적 없는데?"

"그래? 이상하다. 사진이 여기저기 돌아다니나 봐."

애인은 사진을 더욱 유심히 살펴보기 시작했다. 그러다가 그는 나를 다급히 불렀다.

"경진아, 이것 봐 봐. 이 사람 번호가 더 심각한데?"

나는 그 사람의 번호를 보는 순간 얼어붙고 말았다.

"010-1234-5678"이 내 번호라면 이 사람은 "010-1233-5678"이었기 때문이다.

나와 애인을 모두 아는 그 사람은 도대체 누구였을까?

혹시 지금도 가까운 사람일까?

경찰서에 가서 물었다.

"이런 일로 경찰서를 왜 와요. 둘 사이의 지인 아니에요? 그냥 눈 딱 감고 전화를 해 보세요. 그게 훨씬 빠르겠네."

　　우리는 두려움으로 연락조차 해 보지 못했고 그
번호를 동시에 차단해 버렸다.

　　사건 없이 사건은 또 자체적으로 종결되었다.

#6—현재

　　나는 아직도 길을 가다가 위층 계단을 살핀다.
계단에서 숨어 있던 남자가 현관에서 문을 따고 들어가
려는 여자를 덮쳤기 때문이다. 며칠 전 실제로 우리 집
도어락을 열고 집에 침입하려던 시도가 있었다. 비밀번
호를 여러 번 틀리자 경보음이 심하게 울렸고, 엄마와
나는 소리를 버럭 지르며 누구냐고 신고하겠다고 으름
장을 놓았다. 그러자 급히 뛰어가는 소리가 들렸다. 우
리는 두 손을 꼭 잡고 곧 이사를 하자고 다짐했다.

　　나는 수없이 물었다. 사건이 성립되려면 어떻게
되어야 하냐고 물었다. 물리적으로 무슨 일이 생겨야 한
다고 했다. 그러니까 내가 지금까지 적은 일들은 전부
'사건이 성립되지 않은', 없었던 일이다.

　　그러니 여러분도 이 글을 읽고 잊길 바란다.

이 글은 사건 없이 쓰인 글이며

나라의 법에 의하면 이 일은 애초에 없었던 일
이다.

검인	3월 1일 금요일			날씨	60 흐림	기온	

제목	내일이면 3학년	자기 평가	1 2 3 4 5 6 7 8

내일이면 난 3학년

년이다.

새 책, 새 선생님

세 친구들, 새 교실

에서 공부하고 새로

운 출발을 시작하겠다. 찬

1. 집으로 곧장 찬

다.

2. 모범생이 되겠다

3. 공부도 열심히

하겠다.

4. 예절 바르고 믿음

[여자의 큰절] ① 두 손을 펴 모아 잡고 눈 높이로 든다. ② 두 손을 눈 높이로 든채, 양쪽 발목을 서로 포개어 앉는다. ③ 모아 잡은 손은 그대로 둔채 고개를 숙여 절한다. ④ 일어 서면서 손을 모아 잡은 채 조용히 눈 높이까지 들어 올렸다가 내린다. ⑤ 두 손을 마주 잡고 내린채 그 자리에 서서 어른의 분부를 기다린다. ⑥ 어른께서 "앉으라!"는 분부가 내리면 한쪽 무릎만 세우는 편한 자세로 고쳐 앉는다.

검인		월	일	요일	날씨				기온			
제목					자기평가	1	2	3	4	5	6	7	8

직 스러운 아이가 되

겠다.

이것을 다 지키고 지

금부터 새로운 출발을

하는 거야!

[남자의 큰절] ① 두 손을 마주 잡고 약간 든다. ② 한쪽 발을 뒤로 밀고 다리를 구부려, 두 무릎을 가지런히 하고 앉는다. ③ 두 손을 내려 방바닥을 짚고 엎드려 절한다. ④ 일어 서면서 마주 잡은 두 손을 눈 높이까지 올렸다가 내린다. ⑤ 두 손을 마주 잡고 서서 어른의 분부를 기다린다. ⑥ "앉으라!"는 허락이 내리면 허리를 세우고 편한 자세로 고쳐 앉는다.

사람은 너무나 쉽게 변하거나,
그보다 쉽게 변하지 않는다

"엄마, 있잖아. 내가 여기서 더 자라면
나는 무엇이 될까?"

〔서막 序幕〕

　　이십 대 말이었다. 신당으로 들어서자 무당은 가만히 내 얼굴을 바라보았다. 무릎이 닿기도 전에 모든 걸 꿰뚫어 본다던 봉천동의 무당은 내게 "십 대 때가 가장 박복했구나. 고생은 초년에 다 몰려 있었네. 고생 참 많았네, 너."라고 말했다. 나는 그 이후에도 인생에 힘든 일이 생길 때마다 온갖 점을 보았다. 사주팔자와 관상, 서양의 점성술 별자리, 타로까지 그들은 하나같이 내게 그런 말을 했다. 너는 참 초반에 운이 없었다. "너 진짜 고생 많았다. 참 불행했다. 십 대를 어떻게 버텼누." 그렇게 혀를 끌끌 찼다.

십 대

　　용한 점쟁이들이 말한 대로 내 초년 운은 엉망이었다. 공부를 잘하지도 못했고, 남다른 재능을 발견하지도 못했고, 못생겼고, 사교적이지도 못했다. 그러므로 아이들의 세계에서 인기가 없는 것은 당연했다. 아무리 노력해도 벗어날 수 없었다. 나는 이미 뒤처진 그룹에 섞여 '분신사바' 주문을 외치며 '이 고통이 언제 끝날까요?' 일본의 귀신에게 묻기도 했다. 연필을 돌리며 그 연필이 가리키는 대로 살 참이었다. 화장실의 좁은 칸 안에서 친구와 연필을 맞잡고 그렇게 빌었다. 그러나 귀신의 연필도 이리저리 맴돌다 ✕ 표시로 향했다. 나는 고통이 끝나지 않는다는 사실에 좌절했다. 그래서 학교를 벗어나고 싶었다. 구성원이 바뀌지 않는 반의 또래 집단에서 벗어나고 싶었다. 세상 너무나 불행했던 나는 초등학교는 물론이고 중고등학교를 건너뛰어 곧바로 어른이 되고 싶었다. 그럼 자연스럽게 이 운명에서 벗어날 수 있을 거라고 생각했다.

　　내가 상상하는 어른이란 이런 것이다. 텔레비전을 마음대로 볼 수 있고, 옷을 마음대로 사서 입을 수 있으며, 싫어하는 수학을 배우지 않고, 그것으로 나라는 존재를 평가받지도 않으며, 좋아하는 일을 골라 하고, 무엇보다 지긋지긋한 이 집에서 독립할 수 있다는 것. 나는 그 누구보다 내가 빨리 늙어 가기를 손꼽아 기다렸다. 엄마 아빠의 머리가 희끗희끗해지고, 어릴 때 산 옷들이 점점 맞지 않을 때마다 희열을 느꼈다. 늙는다는 것은 나이를 먹는다는 것이다. 하루하루 죽는다는 것을 뜻한다. 어른은 어린이보다 죽음과 가까운 존재다. 나는 그렇게 극단적으로 어른이 되는 꿈을 꾸었다. 물론 어른이 되는 일은 녹록지 않았다. 짐승이 사람이 되는 과정과 같았다. 나는 진화를 거듭하며, 사람이 사회에 물들어 가는 것을 배웠다. 내가 생각하는 사회적 인간이란, 내가 가진 모난 부분들을 들키지 않거나 깎아 내야 했다. 그래서 단 한 순간도 순탄치 않았다. 친구들과의 갈등은 우리의 지능만큼 더 집요하고 치졸했으며 가지고 싶은 것은 더 많아졌다. 그러므로 일주일은 저승길보다 길었고 방학은 너무 짧았고 십이 개월은 더 길었다. 일년, 일 년, 열아홉 살까지 내 시간만 느리게 흐르는 것 같았다. 엄마가 '세월은 눈 깜짝할 사이에 지나가는 거고 지금이 가장 좋을 때'라고 말했지만 그건 나를 달래기 위한 거짓말이었다. 생각해 보면 엄마도 알고 있었던 것 같다. 내가 학교에서 어떤 취급을 받고 있는지. 그래서 어쩔 수 없이, 무주군 안성면에 있는 단 하나밖에 없는 중학교와 고등학교를 졸업하려면 별달리 방법이 없으니 그냥 버티라는 말을 조금 에둘러 말한 것이다. 그래서 나는 십 대가 너무 고통스러웠다. 자라는 것 말고는 아무도 나를 구원해 주지 않았다. 그랬기에 십 대 중반 나는 적응을 하지 않으면 죽음밖에는 답이 없다는 결론에 도달했다. 그래서 '정직하자'라는 가훈을 어기게 된다. 약간의 거짓말을 배우기 시작했다. 내가 하는 거짓말이란 단순했다. 그냥 말을 아끼는 것이다. 입을 열면 진실할 수밖에 없으니 그냥 조개처럼 입을 다무는 것이다. 그냥 입을 닫음으로써 무언의 동조를 한 것뿐이었다. 그리고 상대는 침묵을 받아들이고 싶은 대로 받아들였다. 그때 알았다. 살아 보니 '솔직한 게 다 이긴다'는 엄마의 말은 정답이 아니다. 진실은 가끔 의도치 않게 누군가에게는 상처를 주거나 나의 치명적인 약점이 된다. 진실은 곤욕의 대상이 되고 만다. 그리고 그 진실을 말하는 입은 미움을 받게 된다. 그것이 명백한 진실이기 때문에.

이십 대

아무튼 나는 십 대의 고통에 적응하게 된다. 친구 관계도 대충, 공부도 대충, 뭐든 중간만 했다. 그렇게 유일하게 잘하는 글을 썼다. 글을 쓰고 대학에 가자 이십 대의 고통이 생겼다.

이십 대의 고통이란 별것 아니었다. 교우 관계야 고등학교만큼 큰 의미가 없었고, 공부가 좀 어려웠고 미래가 불투명하다는 것이 약간씩 불안하긴 했지만 외면하면 그뿐이었다. 이십 대 초반까지는 나의 가장 큰 고민은 제대로 된 연애를 해 보지 못했다는 것이었다. 그리고 이십 대 중반까지는 쓰레기 수집가로 불리며 온갖 나쁜 남자들을 만났다. 사랑꾼이라는 소문이 자자한 놈들도 나와만 사귀면 잠수 이별을 하거나 이상한 관계를 요구했다. 그런데도 나는 더 많은 사랑을 주면 그들이 나를 사랑할 거라고 생각했다. 사랑꾼을 만나려다 내가 사랑꾼이 되었다. 받지도 못할 사랑과 관심을 다 가져다 퍼 주는 나는 불행한 연애를 이었다. 물론 나의 고통이 연애에만 국한된 것은 아니었다. 문예 창작과를 다니면서도 취업 걱정을 하지 않았다. 불투명한 꿈을 꾸면서도 불투명한 줄도 몰랐다. 그냥 선배들이 대충 말했던 것처럼 작은 회사에서 적은 월급을 받으면서 월급이 모이면 여행을 다니는 '욜로족'으로 인생을 살았다. 그러나 그런 것도 잠시, 남들처럼 평범하게 회사에 다니고 나서야, 꿈을 꾸게 되었다. 시인이 되어야겠다고 생각했다. 그래서 시인이라는 꿈을 꾸고 이루기 위해서 살면서 '내가 왜 이딴 걸 쓰겠다고 했을까' 후회하면서도, 썼다. 처음으로 포기하지 않고 진득하게 꿔 본 꿈이었기 때문이었다.

　　　　　나는 과감하게 회사를 그만두고 대학원에 진학했다. 팔자에도 없던 긴 가방끈을 가지게 된 나는 대학원에서 우리를 벗어난 탕자처럼 말썽만 피웠다. 그것이 잘못된 줄도 부끄러운 줄도 몰랐기에, 다들 그러려니 하며 나를 위해 이해해 주고 참아 줬던 것 같다. 그러나 모두의 이해에도 불구하고 대학원 생활은 순탄하지 않았다. 나는 서울예대라는 전문 대학을 나왔고 전문 대학의 학사 학위를 받았기에 종합 대학은 처음 다녀 보는 것이었다. 대학원의 시스템이나, 지도 교수님께 갖춰야 하는 예의 같은 것들을 전혀 이해하고 있지 않았다. 몰라서 한 행동이지만 지금 생각해 보면 어처구니가 없다. 좀 알아보고 다닐 것을 그랬다. 멍청하면 용감하다고, 나는 너무 용감해서 죄를 많이 짓고 다녔다. 지금도 그 생각을 떠올리면 얼굴이 화끈거린다. 모르면 나머지 공부라도 해서 따라갈 생각을 해야 했는데, 뭘 배우러 다니는지 파악하지 못할 정도로 멍청했으므로 다니는 동안 내가 '얼마나' 멍청한지 알기 위해 다니는 기분이었다. 오늘도 얼마만큼 멍청한지 뼈저리게 느끼면서.

나는 밤이면 동국대 경영관 옥상에서 맞은편 신라 호텔을 보며 성공하면 저기서 밥을 먹어야겠다고 생각하며 펑펑 울었다. '등단하면 먹어야지', '첫 시집이 나오면 먹어야지' 다짐했다. 그러나 등단을 했고 첫 시집이 나왔으나, 하지만 나는 아직도 신라 호텔에서 단 한 번도 밥을 먹지 못했다.

삼십 대

삼십 대가 왔다. 내가 꿈꾸던 삼십 대는 무엇이었을까. 아직 삼십 대로서는 세 살이지만 내 꿈속의 삼십 대는 일단 이런 건 아니었다. 〈섹스 앤 더 시티〉를 보고 자란 세대로서, 모름지기 삼십 대라면 일단 나의 어마어마한 능력으로 사회적 기반을 잡고, 커리어 우먼으로 세상에 꼭 필요한 존재가 되었다가, 퇴근 후에는 다양한 계통에서 일하는 친구들과 정기적으로 모여 하하 호호 웃고 떠들며 간단하게 칵테일을 한잔하고, 택시를 타고 집에 돌아오는 것. 나는 높은 학벌과 고액 연봉을 가졌을 것이고 마음대로 누릴 것을 다 누리고, 사고 싶은 것을 망설임 없이 사고, 적당히 취미 생활을 즐기던 그때, 때마침 운명적으로 다가온 한 사람과 연애를 하고, 동거나 결혼을 하며, 보통 사람처럼 그렇게 살 줄 알았다. 너무 뻔한가? 아니다. 굉장히 거대한 꿈이라는 것을 나는 지금에야 이걸 쓰면서 알았다. 일단 삼십 대가 되면 만나는 친구가 좁아진다. 잠잘 시간도 없는데 뭔놈의 친구. 그냥 좋은 게 좋은 거고, 편한 게 편한 거다. 어마어마한 체력 소모와 노력 없이는 친구들을 다양하게 사귈 수 없다. 예를 들어 보자. 오프라인에서는 한계가 있으니, 다양한 세계의 사람을 만나기 위해서 온라인 소모임에서 만나 오프라인 '퇴근 후 치맥 모임'에 갔다고 쳐 보자. 거짓말이 아니고 말 그대로 동물의 왕국이 따로 없다. 우리는 콜로세움에 맨몸으로 내던져졌다. 서로가 서로를 무너뜨리거나 사냥하기 위해 이곳에 왔다. 각자 너 나 할 것 없이 창을 높게 들고 상대방에게 대충 던진다. 대충 던져진 창은 아무에게나 꽂힌다. 물론 모든 모임이 다 그렇다는 것은 아니다. 애초 어플이 만들어졌을 때처럼 서로 다른 직업군의 사람을 만날 수 있는 긍정적 기능대로 사용한다면 우리 삼십 대는 온라인을 통해서 새롭고도 꽤 희망적인 지대를 찾게 될 것이다.

〔막간 幕間〕

우리는 너무 비좁다. 점점 비좁아진다. 이 비좁

273

은 세계를 비좁지 않다고 받아들이면 그것 역시 성장의 증거라고 엄마가 말했다. 나는 그 말이 조금 슬펐다.

〔제2막〕

이제 가장 잔인한 〈섹스 앤 더 시티〉의 마지막 판타지를 알려 주겠다. 상사의 이메일이 날아들어 오면 곧바로 업무 모드로 돌입해야만 하는 지금 대한민국의 현실에서는, 드라마 속 그녀들처럼 진정으로 웃고 마시는 것이 불가능하다. 나는 회사를 다니는 내내 찜찜했다. '일이 잘못되면 어떡하지?' '하필 밖에 있을 때 뭔가 터져서 다시 회사로 돌아가야 하면 어떡하지?'라고 생각하면서. 그러므로 우리나라도 퇴근 후 '찐웃음'을 되찾을 수 있도록 프랑스처럼 업무 시간 외에 이메일을 보내는 것은 법으로 금지해야 한다. 아, 돈 이야기를 빼먹었네. 월급도 짜다. 〈섹스 앤 더 시티〉에서 가장 이해할 수 없는 점은 캐리가 글로 돈을 벌어서 월세가 250만 원을 웃도는 맨해튼의 고급 아파트에 살 수 있다는 것이며, 괴팍하고 이상한 성격의 캐리 곁에 완전하게 캐리를 이해하는 친구가 세 명이나 있다는 사실이 가장 놀라운 지점인 것이다. 그러니까 〈섹스 앤 더 시티〉는 말 그대로 판타지다. 섹스는 섹스고 시티는 시티다. 성공한 여자들

의 망한 연애담만이 '쟤들이나 우리나 똑같네' 느끼게
해 줄 뿐이다. 그리고 그들이 뉴욕에 살고 있다는 점이,
바로 이 판타지를 전부 논리의 세계로 넘어오게 한다.

그렇다면 한국의 소호는 어떨까? 이소호 시인
은 일단 작가로 살아 보니, 그 원고료로 뉴욕은 택도 없
다는 사실을 알게 되었다. 게다가 방 하나당 금액이 두
배로 올라가는 뉴욕 집값 특성상, '마놀로 블라닉'이나,
'지미추' 구두에 방 한 칸을 내어 줄 수는 없는 노릇이
다. 그 작은 방을 렌트를 줘서 이익을 창출하기도 모자
랄 판국에 구두 방이라니. 내 상식이나 경제적 사정으로
는 도저히 있을 수 없는 일이다.

캐리와 나. 우리의 세계는 이토록 다르지만, 불
행히도 닮은 구석이 너무나 많다. 일단 우리는 글을 써
서 먹고 산다. 또한 나의 물욕은 캐리에게 결코 뒤지지
않는다. 비싼 건 몰라도 특이한 것, 곧 단종될 물건을 발
견하고 사는 재능이 엄청나다. 스트레스를 받으면 언제
나 신생 브랜드를 검색하며, 그 제품을 사는 것을 엄청
나게 좋아한다. 얼마나 좋아하냐면 이 물건이 이 브랜드
에서 가치 있는 것이라는 생각이 들면 나와 어울리지 않
아도 살 정도이다. 그리고 내가 결제를 마친 바로 그 순
간 '바이 나우'(buy now)에서 '솔드 아웃'(sold out)으로

변할 때의 희열은 진정한 절정의 순간이다. 내가 이 세상의 남은 마지막 물건을 샀으니까.

그러나 취미를 유지하는 힘은 늘 경제력을 동반한다. 나는 덮어놓고 지름신의 말씀만을 아로새기며 살면 결국에는 남는 것은 카드값뿐이라는 것을 알게 되었다. 글은 정말 오지게 성실하게 쓰는데, 입금과 동시에 카드는 퍼 간다. 글을 쓰고 나면 막 보상받고 싶으니까. 스트레스를 너무 받으니까. 나는 다시 휴대 전화 스크롤을 쭉쭉 내리며 필요도 없는 물건들을 쇼핑한다. 게다가 쇼핑 중독자로서는 최악의 합병증인데, 나는 저장 강박이 있어서 꼭 같은 것을 두세 개씩 사야만 한다. 홀수는 언제나 불안하다. 짝을 맞추지 않으면 그건 물건이 아니다. 실사용용과 보관용을 각각 하나씩 꼭 세트로 맞추어 구매를 해야만 진정한 소비다. 그래서 포장도 뜯지 않은 물건만 모은 박스 68L짜리가 두 개 있고, 이미 박스는 가득 차, 더는 들어갈 공간도 없다. 아무튼 나는 그렇게 예술과 노동으로써 성실히 글을 쓰고, 스트레스로 피터지게 돈을 쓰고, 들어온 고료는 전부 카드 회사로 다시 떠나고. 그렇게 쓰고, 쓰고, 갚고, 쓰고, 쓰고, 갚는 굴레에서 살고 있다.[1] 아 그리고 시를 쓰면서는 전혀 느끼지 못한 일인데, 산문을 쓰면서 터널 증후군을 처음 겪게 되었다. 한 번에 몰아 쓰는 나의 작업 방식상 산문 역시 몰아 쓰다 보니 목, 어깨, 허리, 팔목 등 아프지 않은 곳이 없다. 지금 이 원고가 내 산문집의 마지막 원고인데, 물리 치료를 받지 않으면 안 될 정도로 손목에 큰 무리가 왔다. 병원비가 나갔다. 병원비 영수증을 보며, 건강하지 않으면 그게 전부 돈이라는 사실을 나는 삼십 대가 되어서야 하게 되었다. 내가 글을 쓰는 한, 병원비와 지름과 카드값은 영원할 것 같다는 생각이 들었다.

〔후일담 後日談〕

몇 년 뒤면 나는 마흔이 될 것이다. 실비 보험도, 미래도, 가려운 등 긁어 줄 남편도 없는 나는, 나의 유일한 보호자이자 나보다 오래 산 사람에게 물을 수밖에 없다.

나를 가장 사랑하고, 나를 가장 잘 아는 엄마에게 묻는다.

"엄마, 있잖아. 내가 여기서 더 자라면 나는 무

---

[1] 이 글을 보는 독자분들께서 내가 감당하지도 못할 돈을 쓴다고 생각하실까 걱정되어 덧붙인다. 나는 나의 카드값을 내지 못할 만큼의 소비를 해 본 적은 없다. 언제나 카드는 선 결제를 하며, 성실하게 쓰고 납부하며 살고 있다. 그냥 모으지 않을 뿐이다. 야금야금 탈탈 썼을 뿐.

엇이 될까?"

"네가 아무리 자라도 우리 소호는 엄마 눈에 여전히 아기지."

엄마의 대답에 나는 가장 무거운 돌을 가만히 마음에 대고 누른다.

아주 오랫동안 축축하게 무엇이 흐르는 것 같다.

갑자기 앞에 쓴 말들은 다 쓸모가 없어진 것 같다. 아무리 오래 살아도 엄마의 눈에 영원히 아기인 것을 알게 된 나는, 결국에 나를 포기하기로 했다. 세 살 버릇도, 내가 닮기 싫은 부모님의 부분만 쏙쏙 빼 닮은 나는 유전의 무서움도 전부 포기하고, 그냥 나는 나답게 살기로 했다. 웃기지만, 저 말이 내게 큰 힘이 되었다.

엄마의 말대로 나는 늘 새로 걸음마를 떼는 아기이며, 점쟁이의 말대로 나의 가장 큰 고통은 이미 십대에 지나갔으며, 이제 그보다 덜한 고통만이 나를 새롭게 치고 지나갈 것이다. "사람은 갑자기 변하면 일찍 죽어. 그러니까 우리 딸은 변하지 마." 무심히, 엄마가 말을 덧붙였다. 나는 "알았어." 말하고 다시 방으로 들어갔다. 그리고 늘 하던 루틴을 반복하기로 했다. 방금 답

278

은 정해졌다. 오래오래 길게 사는 것을 핑계로, 엄마 눈에 영원히 어린이인 나는, 지금도 과소비를 즐기고 머리를 쥐어뜯으며 글을 쓰면서 온종일 TV를 볼 것이다. 역시 사람은 너무나 쉽게 변하거나, 그보다 쉽게 변하지 않는다. 나는 그 누구로부터도 영원히 고쳐 쓰이지 않을 것이다. 오로지 변하는 것은 매일매일 내 손으로 쓰는 나 자신뿐이다.

꿈을 꾸는 것은 저주에 걸리는 것만
같다고 말했다, 네가

당신을 만나 웃기고, 울리고,
저주를 퍼부을 수 있는 나는,
이제야 내가 시인이라고 생각한다. 부끄럽다.

세상에는 인생을 바꾼 몇 가지 선택이 있다. 2010년 11월 27일은 나의 가장 절친한 친구의 생일이었다. 아마도 우리는 각자 퇴근을 하고 명동의 어느 카페에서 만나자고 약속을 했었다. 그러나 나는 일방적으로 약속을 깨고 한 소설가의 낭독회에 갔다. 우정이 깨질 만큼 강도 높은 비난을 들었지만, 감수할 만했다. 솔직히 말하자면 나는 그 낭독회에 오는 시인을 너무나도 보고 싶었다. 평소 좋아하던 시인에게 수줍게 인사를 하고 낭독회가 끝난 뒤 길게 늘어선 독자들 사이에서 서명을 받을 때 소설가가 나의 이름을 묻고 이상한 질문을 던졌다. "뭘 써요?" 나는 조금 고민하다 답했다. "시를 씁니다." 그리고 다시 되돌려 받은 책에는 좋은 시를 많이 쓰라는 말이 있었다.

　　　　나의 등단기를 이야기하려면 그 시인을 빼놓고
는 말을 할 수 없다. 그 시인을 보기 위해서 간 자리에서
처음으로 '시를 쓴다'고 말했고, 그 후에 얼굴을 익히려
고 자주 낭독회에 가면서 꿈을 키웠다. 낭독회에는 작가
들이 옹기종기 모여 앉아 있는 유리창 너머의 방, 그리
고 일반 독자들이 앉아 있는 커다란 메인 홀이 있었는
데, 나는 이상하게도 그 유리창 너머 비좁은 공간에 끼
지 못한다는 것이 슬펐다. 그리고 시인이랑 계속 친하게
잘 지내고 싶어서 시인이 되고 싶었다. 당시 내게 '문단'
이란 절친한 작가들의 사모임처럼 보였고, 친교를 위해
서 '시인'이 되는 일은 반드시 필요했다. 그래서 마감 날
짜가 가장 가까운 문예지에 투고했다. 그 시는 딱 열 편
이었고 기억 속에서 영영 지워 버리고 싶을 정도로 더
럽게 못 썼으며, 그 시를 읽던 시인의 표정은 더 잊을 수
없다. 문학적으로, 내가 그를 진정 실망시킨 것 같았다.
나는 그 표정을 보는 순간 느꼈다. 마지막으로 보여 준
시가 저기서 멈춘다면 그동안 맺어 온 작가이자 학교 후
배이자 독자로서의 관계까지 모두 잃고, 수치를 뒤집어
쓴 채 살아갈 것 같았다. 그래서 나중에는 만회를 위한
문학을 하게 되었다. 이제야 고백하건대 나는 시가 좋아

서 쓴 게 아니다. 부끄럽지 않으려고, 더 솔직하게는 거기서 머무는 사람이 되고 싶지 않아서 썼다.

다른 사람들은 어떤 방식으로 투고했는지 모르겠지만, 나는 그냥 '등단한 시인'이 너무 되고 싶었기에 굉장히 체계적으로 투고 시스템을 짰다. 먼저 투고 전용 다이어리를 샀다. 시가 적거나 겹치면 다시 일 년을 기다려서 투고해야 하므로 최대한 많은 시를 생산해야 했다. 기간을 정해 놓고, '매주 한 편'이라는 폴더를 만들어서 정말 매주 한 편의 시를 썼다. 생업을 위한 시간을 제외하면 모든 시간을 글을 쓰는 데 소비하다, 나중에는 생업이었던 회사도 그만두고 다시 학교로 돌아갔다.

투고 일 년 차에 학교에 다니면서 나처럼 모든 일을 그만두고 시를 쓰는 동료들을 많이 만났다. 우리는 완성된 시에 대한 의견을 활발히 나누었고 그 해 등단한 시들을 보면서 이 시보다 내 시가 못한 게 뭔지 이해할 수 없다고 한탄했다.

투고 이 년 차가 되었을 때 대학원에 갔다. 이젠 시를 쓰고 있다는 말도 부끄러웠다. 하지만 그만둘 수 없었다. 포기하기에는 너무 많이 썼다는 생각이 들었다.

투고 삼 년 차가 되었다. 이제 대학원이 고작 두 학기 남았다. 아무도 내 글을 읽지 않고 영영 사라질까 두려웠다. 대봉투를 몇 개나 사서 몇 개를 부쳤는지 더는 셀 수 없다. 우체국에서 느끼는 열패감은 이루 말할수 없었다. 슬픈 결말을 예감하면서도 계속 도전하는 기분. 오늘 내 손을 떠나는 저 대봉투가 전해 줄 절망적인소식을 나는 안다. 시는 쓰는데 시인이 아니라는 것. 그건 매우 슬픈 일이었다. 쓰기 때문에 오히려 내가 시인이 아님을 상기하며 자신을 못 박는 게 아닐까 생각했다. 같이 글을 쓰던 동료들의 당선 소식은 나를 더없이괴롭혔다. 내가 떨어졌다는 소식보다 끔찍했다. 그들은나보다도 먼저 결국에는 이 대봉투 지옥을 벗어났고, 신인상이나 신인 추천에 이름이 오르지 않으면 나는 남겨진 자가 되어 영영 이 판을 떠돌 것 같았다.

투고 사 년 차가 되었다. 11월 27일이 생일이었던 내 친구가 전화로 이렇게 말을 했다. "경진아, 이상하지. 꿈을 꾸는 것은 저주에 걸리는 것만 같아. 그래도 나는 그 저주도 나쁘지 않다고 생각해. 너만 행복하다면." 물론 나는 행복하지 않았다.

그리고 몇 개월 뒤, 이젠 떨어지는 것이 너무나도 당연해질 무렵, 기적처럼 나는 등단한 시인이 되었다.

처음 '등단한 시인의 삶'을 어떻게 상상했었는지는 기억나지 않는다. 왜냐하면 나는 시를 쓰는 몇 년

동안, 단 한 차례도 등단 이후를 생각해 본 적이 없었기 때문이다. 등단을 준비하며 습작하는 후배들에게 질문하면 대부분 나처럼 등단 이전까지만 생각한다. 그냥 어떻게 시인이 되면 습작 기간 동안 쌓인 시들을 발표하며 곧 촉망받는 시인이 될 것 같았다. 2014년 월간『현대시』10월호에 내 첫 시가 발표되었는데, 동시 등단이어서 그랬는지는 몰라도, 나는 몇 달간 단 한 편도 청탁받지 못했다. 같이 등단한 언니가 몇 개의 매체에 두 번째세 번째 시를 발표하는 동안에 나는 단 한 편도 발표하지 못했다. 나의 첫 번째 발표는 2015년 월간『현대시』3월호였다. 그러니까 나는 내 모지가 찾아 줄 때까지 다른 출판사에서 단 한 번도 청탁받지 못한 셈이었다.

  그렇게 등단을 하면 어떻게든 시인으로서 먹고살 길이 열릴 줄 알았던 나의 막연한 상상은 무참히 깨졌다. 하다못해 내가 다른 시인들의 시를 미친 듯이 찾아보며 같잖은 평가를 해 대던 것처럼 누가 욕이라도 남기거나, '얘는 왜 뽑혔나 몰라'라며 논란이라도 될 줄 알았지만, 등단 후의 세계는 냉혹했다. 아무도 나를 읽지 않았으며 내가 어떤 세계를 보여 줄 수 있는지 관심도 가지지 않았다. 등단 후 일이 년 동안은 '문단'에서 '이소호 시인'이 이대로 사라져 버린다 해도 그런 시인이 있었다는 사실조차 모를 것 같았다.

　　　그리고 평가의 대상이 되지 못하는 것보다 더 힘든 것이 있다. 나를 모른다는 것은 참을 수 있다. 지면을 가지지 못한 것도 어떻게든 더 발 벗고 나서서 해결해 볼 수 있다고 생각했다. 그러나 특정 자리에서 만나는 업계 사람들이 하는 끊임없는 비교는 정말 견디기 힘들었다. 내가 등단을 하던 2014년의 시인이란 말 그대로 기다리는 자가 되어 출판사의 선택을 받지 않으면 사라질 수 있는 사람이었다. 나의 수명을 쥐고 있는 것은 독자도 나도 아니라는 생각이 들었다. 그때는 첫 책을 내줄 수 있는 사람들의 마음에 들지 않으면 안 될 것 같다고 본능적으로 생각했다. 그래서 나는 수많은 모멸과 괄시 속에서도 여러 자리에 틈틈이 나갔다. 다 같이 앉아 있는 자리에서도 인기 있는 작가에게만 말을 걸며 노골적으로 나를 무시하거나, "너는 뭔데 여기 왔냐?"는 질문부터 "네 책이 나올 수 있다고 생각하냐?"는 질문까지 술에 취한 사람들의 무례한 말들을 참으면서 묵묵히 있었다. 거기서 누군가 우연히 내 글을 읽어 준다면 적어도 다음 계절은 쉬지 않을 수 있을 거라고 바보같이 생각했다. 청탁이 없으면 지면을 만들고 등단 후에도 투고가 가능하다는 사실을 몰라서 벌어진 일들이었다. 그런데 그때는 그렇게 생각했다. 그게 내가 만든 바보 같은 기회였다.

내가 그렇게 생각하게 된 것은 이제는 이름도 얼굴도 잘 기억나지 않는 여러 작가의 조언 때문이었다. 그들은 주의해야 할 이야기와 함께 이 세계에는 명백한 카르텔이 존재한다고 전해 주었다. 첫 책으로 너의 '급'이 정해지므로 너의 '급'이 잘 정해지려면 친구를 가려 사귀라는 말도 들었다. 원로 작가가 내 이름을 모르는 것은 중요하지 않고, 누구와 친한지 질문하면 '잘' 대답해야 한다는 이야기도 들었다. 소위 '메이저 출판사' 중에서도 어디서 책을 낸 작가인지에 따라서 '급'이 달라진다고 그랬다.

'급'이란 뭘까. 지금은 전혀 동의하지도 않고, 당시 나의 상황이 지금도 전혀 부끄럽지는 않지만, 일부 사람들은 나의 급을 이렇게 평가했다. 등단 지면이 소위 말하는 '메이저 출판사'에도 속하지 못하고, '종합 문예지'에서도 발표하지 못하고, 더군다나 '메이저 출판사'와 시집 계약도 하지 못한 시인. 그들의 말에 의하면 결국에는 나는 그야말로 문단 하위급의 작가였다. 그리고 고압적이고 부끄러움도 없었던 그 누군가는 나를 실제로 그렇게 불렀다. 나는 아무 대답도 하지 않는 대신 집에 가는 길에 소리 내어 엉엉 울었다. 그것이 내가 배운 첫 번째 위계였다. 이 견고한 계급 사회에 순종하는 게 당연하다고 생각했던 나는 다른 대안을 생각하지 못하고, 그 위계를 잘 따랐고 후회했다. 더욱 아이러니한 것은 내가 시인이 되고 싶게 했던 소중한 사람들에게는 단한 번도 이 문제에 관해 이야기하지 않았다. 그냥 그들의 말처럼 내가 별 볼 일 없는 사람인 것을 들키고 싶지 않아서 숨고, 숨기기에 급급했다.

이번에는 신인 작가에게 가장 민감한 이야기 중 하나인 첫 책에 대해 이야기해 보고 싶다.

대부분 첫 책에 대한 소문은 은밀하게 들린다. 측근으로부터 "사실 얼마 전에 연락이 왔는데 ○○ 출판사와 계약을 하게 될 것 같아."라든가, "요즘 ○○ 출판사가 신인들 계약을 많이 한대. 내 주변에만 몇 명이 계약했어." 이런 식으로. 등단한 뒤 발표도 많이 하고 좋은 글을 써서 눈에 띄는 친구들에게 먼저 연락이 온다. 출판사에서 연락이 온 친구들은 계약한 뒤, 오십에서 육십 편의 시가 묶이면 출판사에 넘긴다.

한 가지 짚고 넘어가고 싶은 점은 출판사에서 먼저 연락이 오지 않는다고 해서 좋은 글을 쓰고 있지 않은 것은 절대로 아니라는 것이다. 겪어 보니 먼저 출판사로부터 계약하자고 연락이 오는 경우는 아주 특별한 상황이고, 대다수의 작가는 삼 년에서 오 년 정도 신작 시를 문예지에 발표하고 그 시들을 잘 묶어서 출판사에 투고한다. 출판사에 투고하는 방법도 여러 가지다. 출판사에서 써 놓은 원고가 있냐고 먼저 물어보는 경우와 내가 알아서 나와 맞는 출판사를 찾아 투고하는 방법 등이 있다. 원고를 보내 검토한 뒤 출판이 진행되거나, 반려된다. 반려는 출판사에서 원고 투고를 제안한 경우도 포함한다.

원고 투고에 대해 재미있는 일화가 있다. 내가 시집으로 묶으면 어떨지 보고 싶어서, 그동안 쓴 시들을 육십여 편 모아 제본하여 갖고 있을 때 들은 이야기다. 모은 원고를 본 어느 작가가 물었다. "어디에 투고할 거야?" 나는 아직 생각해 보지 않았다고 말했다. "투고할 때 다 내면, 여기저기 다 내면 절대 안 돼. 모 출판사에서 떨어진 원고를 여기저기 낸다고 소문나면 네가 지금보다 훨씬 많은 시를 써서 다시 시집을 묶어야 할지도 몰라." 나는 떨어질 원고까지 계산해서 적어도 백오십 편은 있어야 출판사에 투고할 수 있겠다고 생각했다. 상상만으로도 끔찍했다.

그래서 나는 시집 원고가 출간 여부를 결정하

는 회의에서 떨어져도 소문나지 않을 방법을 고민했다. 김수영문학상은 민음사에서 주관하고 있으니, 민음사에 투고한다면 여러모로 좋을 것 같았다. 떨어져도 문학상에 떨어진 것이니 상관없고, 원고가 괜찮으면 계약의 기회를 얻을 수도 있겠다고 생각했다. 그래서 나는 마침 결심한 김에, 마침 눈앞에 보이는 우체국에 가서, 마침 가지고 있던 제본된 시집 원고 위에 휴대 전화 번호만 쓰고 민음사로 보냈다. 이후의 소식은 조금도 기대하지 않았다. 떨어지는 게 늘 당연했고, 그때도 그랬다. 그래도 아주 약간의 희망은 있었던 것 같다. 원고가 세상에 나오기만 하면 좋겠다고, 그렇게 생각했다.

대봉투를 보내고 몇 달이 지났다. 겨울이었고, 강남이었고, 카페였다. 그리고 나는 그날 처음 내 시집을 만져 보았다. 빨갛고, 네모났고, 단단하고, 벅찼다. 처음으로, 상상 속의 독자를 마주하고 더듬더듬 시를 읽었다. 낭독을 마치자 독자들은 내 책을 하나씩 들고 긴 줄을 섰다. 이름을 묻자 답했고 한참 망설이다 "저, 시를 써요." 말하는 독자에게, 서명하며 좋은 시를 쓰라고 말했다. 독자는 몇 년 전의 나처럼 수줍게 감사하다고 인사했다.

하지만 나는 내게 묻고 싶다. 내가 과연 좋은 시

를 쓰라고 말할 자격이 있을까? 생각해 보니 나는 한 번도 그냥 '시인'이 되고 싶었던 적 없다. 나는 '등단한 시인'이 되고 싶었고, 그다음에는 '책이 있는 시인'이 되고 싶었다. 살아남고 싶다는 생각 때문에 앞에 붙은 말들이 더 중요했다. 그래서 누군가에게 인정을 요구하는 글을 썼다. 오롯이 나를 치유하기 위해서 썼다. 읽는 '너'의 마음을 생각하지 않았다. 독자를 만나기 전까지의 나는 '시인'이라는 말의 무게를 몰랐다. 사실 지금까지 내가 '시인'이라고 자신을 소개했던 것은 전부 거짓말이었다. 방구석에서 썼던 내 글을 읽고 자신의 글을 쓰고 싶어졌다는 독자의 말을 들었을 때, 그제야 나는 비로소 진짜 시인이 된 것 같았다. 읽는 사람이 없다면, 사실 나의 시는 혼잣말에 불과하다. 그래서 어쩌면 등단 이전과 등단 이후를 통틀어 그동안 겪었던 고통의 핵심은 독자가 없었다는 것이었을지도 모른다고 생각했다. 누군가 읽고 있다고 믿고 있었다면 나는 그 시간을 조금 더 건강하게 견뎠을 것이다. 그걸 아주 늦게 알았다.

　　한 시인을 보고 꿈을 꾸고, 그것이 저주라고 생각했던 것처럼, 어쩌면 누군가에게 '이소호 시집'은 또 다른 저주의 시작일지도 모른다. 하지만 겪어 보니 그 저주는 좋았다. 때문에 나의 이십 대는 뚜렷한 목표를 가지고 쓰였다. 후회하지 않는다. 이렇게 다 말하고 보니 나는 그동안 '시인'이 아니었던 것이 더욱 분명해진다. 다른 열망이 더 컸다. 하지만 그렇기에 이 글을 쓰며 또 다른 지점이 분명해진다. 지금은 정말 좋은 시를 쓰고 싶다. 그래서 독자를 많이 만나고 싶다. 등단 팔 년 차가 되어서야 감히 말한다. 당신을 만나 웃기고, 울리고, 저주를 퍼부을 수 있는 나는, 이제야 내가 시인이라고 생각한다. 부끄럽다.

6 월 28일 금 요일 날씨 ◎

〈깨달음〉

어머니께서 안계셔서 뺀 집에서
나랑 동생 ㅤ째에언니가 와서 날
돌봐 있는데 하룩 내서도 지금 생각하
ㅤ 그때가 더 좋았던걸 알았다
못된 엄마라고 했던 말이 후회
ㅤ 되고 무서웠다.
ㅤ 어머니께서 없는 것보다 어머니께
게시면서도 야단 맞는게 나을것
같다.
ㅤ 엄마가 없으니까 불편했다.

월 29일 토 요일 날씨

〈어른이었으면〉

나는 1가지 소원이 있는데 어른이 되
었으면...... 하는 소원이다.
자꾸 때리고 많이 놀거토 말해가지고
... 특히 쉬는 날입수를 노는 시간은
없었다.

어른은 무엇이든지 마음대로 할 수 있고 아
이들은 시켜 느미로 하면서 놀지만 난 그럼
자기가 없고 놀수가 없다.
... 친구들이랑 수영장에 가고 싶은데 못 가
고 노는 책만 지겹게 본다.
... 엄마는 자는 것 밖에모르 사는지 학고갔다
와서 자라, 노는 거 안되고 자는 것만 된다고
한다.
나도 어른처럼 맘대로 했으면 ......

어떤 글은 써 보고 나서야 보인다.

나에 대해서 쓰겠다고 했지만 거듭된 의심으로

지우고, 지우고, 지우다 남겨진

나를 여기 둔다.

몇 번을 정독하여 읽은 부산 다대포의 이경진부터 어른 이소호 시인까지

우습지만, 종이에 남겨진 나는 생각보다 좋은 사람이었구나 생각한다.

오늘, 지금 당장 나를 둘러싼 모든 것이 빛날 수 없다는 사실은 매번 나를 좌절시키지만

다행히 내일의 나는, 어제의 경험을 토대로 성장을 확신하므로

그것은 항상 오늘을 살아가게 하는 크나큰 힘이
되었다.

그래서 나는 지금 살아 있다.

시집이라면 도저히 실을 수 없는
이렇게 긴 작가의 말을 쓰며
쓰는 내내 생각해 보았다.
내 삶을 일으키는 단 하나의 문장은 무엇일까.
자주 곱씹어 보았다.

"세상에, 태어나고 싶어서 태어난 사람은 단 한
사람도 없다."

나도 마찬가지였다.
나는 일이 내 뜻대로 풀리지 않을 때마다 나를
이 세상에 꺼내 놓은 엄마 아빠를 자주 원망했다. 앞으
로의 고생을 예감한 듯, 나는 필사적으로 세상 밖으로
나오길 거부했었다. 거꾸로 자리한 태아였기에, 자연 분
만으로 세상에 나오지 못했고, 결국에는 의사 선생님 손
에서 엉덩이를 맞으며 자지러지게 울었다.

울 일은 자라면서 더 많아졌다.

어린 시절 나는 늘 시키는 대로 주어진 삶을 살며,
제멋대로 살 수 있는 어른이 되길 꿈꾸었다.

물론 그것이 환상이란 것을 깨닫는 데는 그리
오랜 시간이 걸리지 않았다.

그렇게 내 삶이 멋대로 시작해 버린 것처럼
나는 지금 다시 새로운 출발선 앞에 서 있다.

출발선 앞에서 나는 처음을 읊조린다.

처음은 그러하다.
가장 엉성하며, 의뭉스럽고, 불분명하다.
처음은 늘 그런 것이다.
생각해 보니 처음은 멋질 필요가 없다.
그냥 다음 세계로 넘어갈 힘만 가지면 된다.

나는 지금껏 그걸 믿으며 살았다.

다음, 나에게 그다음으로 향해 발 디딜 수 있는
'첫'만 계속 만나기만 하면 된다고.

시키는 대로 제멋대로

초판 1쇄 발행 • 2021년 6월 15일

지은이 • 이소호
펴낸이 • 강일우
책임편집 • 구본슬 정편집실
조판 • 박아경
펴낸곳 • (주)창비
등록 • 1986년 8월 5일 제85호
주소 • 10881 경기도 파주시 회동길 184
전화 • 031-955-3333
팩시밀리 • 영업 031-955-3399 편집 031-955-3400
홈페이지 • www.changbi.com
전자우편 • ya@changbi.com